TAKE
SHOBO

王太子殿下は新米ママと息子を溺愛する

如月

Illustration
ことね壱花

JN036774

蜜猫
MitsuNeko

contents

イラスト／ことね壱花

王太子殿下は新米ママと息子を溺愛する

プロローグ

「おや、神父さん。今日は新しいお客人をお連れですな」

そう言って、ぼくを出迎えたのはいかにも人の好さそうな顔をした中年の男だった。彼はリルーシュ書店の店主で、娘と二人暮らしをしているということだ。

ぼくはあの頃、王宮での自分の立ち位置に不満を感じていた。第二王子のぼくと、王太子だった兄とはある日を境に屈辱的なまでに扱いが変わってしまった。自意識と自己顕示欲の強い年頃だったから、それを理不尽と思うのも仕方なかった。

不服を口に出さずにいるうちに、ぼくはだんだん食欲が落ちて顔色も悪くなっていたらしい。

聴聞《ちょうもん》司祭のポルカ神父がいち早くそのことに気づき、気晴らしに町に連れ出してくれたのだ。

「さあ、殿下。ここがいつも話しております隠れ家でございますよ」

神父がそう言うと、ぼくは小声で訴えた。

「ここでは殿下と呼ばないでください」

「ああ！　そうでした。この魂の避難所では、誰もが平等で、誰もが癒《いや》しを受けられるのですからな」

司祭が教会ではなく書店に癒しを求めるのはなんだかおかしな話だ。

「ではしばらく使わせていただこう」

ぼくは店内をゆっくりと検分《けんぶん》し始めた。

「うん……いいね」

その本屋にはさまざまな本が雑然と並んでいる。大まかに系統立てているだけで、時々ジャンル違いの本が混じっているのは大きさや形のせいでそこにしかおさまらなかったのだろう。そんな無頓着さが新鮮だった。

ひっきりなしに常連客がやってきてとりとめもない話をしていくのもぼくにとっては物珍しかった。ぼくと同じ年頃の画家の卵や、どうしても譲ってほしい本があって日参する愛書家、契約は結んではいないが、たびたび来ては冒険小説や恋愛小説を買っていく女性客——。

本を読むだけなら王室図書館で事足りるが、ここには王宮とは違った人間模様を眺めることができる。

最初の頃、その客たちは王族であるぼくを腫物に触るように扱ったが、次第に彼らはぼくの存在を気にしなくなり、ぼくも居心地よく感じるようになっていった。

それに、何より魅《ひ》かれるのは、この書店に本の妖精みたいな少女が居ついていることだ。つまり、店主の娘なのだけれど。

その妖精は黒い髪と黒い瞳をしていて、人見知りのようで、常連客が話しかけた時でさえ、父親の後ろで恥ずかしそうにしている。王宮の女官たちのように人の噂話に花を咲かせたりしないし、ドレスの美しさを競ったりもしない。彼女には特別な、静謐《せいひつ》な美しさがある。

それがぼくにはとても珍しく、貴重なものに思えた。

彼女は、騒音で客の読書を妨げてはいけないと思っているみたいに、いつも息をひそめて店の奥のほうに潜んでいる。

書店に半日いても彼女に会えるのは一回か二回、数十秒の間だけだ。

彼女はぼくがのどが渇いた瞬間を察知したように、いいタイミングでお茶を淹《い》れてくれる。それは王宮で侍医が出す薬草のお茶より数段美味《おい》しい。それに彼女が手作りしているという付け合わせのジャムが絶品なのだ。

ぼくの目は王族に顕著な特徴をもち、異様に煌《きら》めく虹彩《こうさい》をしている。だから、他の常連客にもあまり目を合わせずにいる。好奇の眼差《まなざ》しで見られたくない。

だけど、彼女がお茶を運んできてくれた時は、ちゃんと彼女の目を見てひと言、二言話をする。そうしないと妖精はすぐに消えてしまうからだ。

そんな日々に癒されながら、ぼくは思春期の憂鬱《ゆううつ》な時期をなんとかやり過ごし、自分の立ち場にも納得して落ち着いた大人になったつもりだった。

そして自分の精神の一部を形成しているように思えるあの店も、妖精と会話する密《ひそ》かな楽しみも、永遠に続くと思っていた。

第一章

——あくま、たいさん。ヤブイチゴ。どくをぬられてどくイチゴ。

通りで子どもたちの歌う声が聞こえる。

この界隈《かいわい》では、九月下旬の聖ダミアンの日を皮切りに、あの歌をあちこちで聞くようになる。十月になると悪魔がヤブイチゴに毒をつけて回るという迷信があるため、九月の最後の週に、ヤブイチゴを摘み取ってしまうのだ。最近では街にはあまりヤブイチゴも生えていないけれど、伝統的な歌だけは残っているのだった。

エルネスタは、それを聞くのももう最後だと思うと切なくなってきた。

「いよいよこの店ともお別れね……」

彼女は黒い瞳で店内を見回した。

無心に店中を掃除していたら、すっかり日が暮れてしまい、いつの間にか子どもの歌も聞こえなくなった。明日の朝いちばんの馬車で発《た》つ。

「さようなら、お父さんの思い出」

エルネスタは壁一面に並んだ本に向かって言った。

「さようなら、ここに来てくれたやさしい人たち」

父の人柄がそうさせたのか、店にはいつも顔なじみの客が集まっていた。

城下町の小さな教会の司祭や、売れない青年画家、代書人をしていた愛書家の紳士、蘊蓄《うんちく》語りの好きな指物屋《さしものや》のおじさん——彼らは世間話をしたり論争をしたりして、必ずしも本を買うというわけではなかったけれど、陽気な人々に囲まれて、父はとても幸せだったと思う。

そして、エルネスタの憧れの青年も時々やってきて息抜きをしていた。

彼は聖職者になる予定で、ストイックで物静かだけど、その瞳は空のように青く澄んで輝いていて、とても美しい人だった。

エルネスタの出すハーブティーを喜び、香草や茶葉の種類を言い当てる。正解だとわかると、彼女にだけ笑顔を見せてくれる。

そんなささやかなひと時が彼女の宝物だったのに、もう二度と戻ってこない。

それがいちばん悲しい。

「神様、わたしは朝になったらもう行かなくてはいけないけど、できるならもう一度、あの方に会わせてください。馬車窓からでもいいのです。その姿を見せてください」

無理とわかっていたが、エルネスタはひたすら祈った。

彼は、商家の娘など口を利くこともできないような高貴な身分なのだ。

奇跡でも起こらない限りもう会えるはずもないが、馬車からちらりと見るくらいならもしかしたら叶《かな》うかもしれない。

「全てをここに置いて立ち去るわたしに、どうか小さな喜びをください」

本当はここにずっといたかった。本屋を営《いとな》みながら暮らしていきたかった。

でも、父の遺言だから仕方ないのだ。若い娘ひとりで商《あきな》いなど無理だ、姉の婚家に身を寄せろと——彼女はこれまで一度だって、父に逆らったことなんかなかった。

だから思い出のたくさん詰まったこの場所とお別れなのだ。

＊　＊　＊

父が体調を崩したのは、半年ほど前のことだった。

「お父さん、大丈夫？」

父は少し痩せて、前は杖《つえ》など飾りだと言っていたのに今は杖を使っても歩く姿がぎこちない。

しかしその頃は、まだエルネスタは呑気《のんき》にかまえていた。

「大したことない。おまえは余計な心配をしなくてもいい」

父は強がっているが、本当は仕入れに行くのも重い本を運ぶのも辛そうだ。

「これからは仕入れにはわたしが行きましょうか」

「だめだ、おまえは本を選ぶ眼《め》を培《つちか》っていないだろう。だいいち、娘に頼むほどもうろくしていないぞ」

完全に子ども扱いだ。エルネスタは来月十八歳になるというのに。

「はい、はい」

頑固な父にはそれ以上逆らわず、エルネスタはお茶の準備を始めた。

そして、彼女はアレクシス殿下の席にお茶とジャムを運んだ。彼の前には神学全集三十巻のうちの二十七巻目が置かれているはずだ。

中二階の書棚のそこだけ空いているからわかる。同じ全集は王室図書館にもあるそうだが、なぜか彼はこのリルーシュ書店の蔵書を好んでいる。

エルネスタが音を立てないように気をつけてトレイを脇机に置いた時、彼は長い溜息《ためいき》をついた。斜め後ろからしか見えないが、いつになく物憂げなのはどうしてだろう。

「お邪魔してしまいましたか？　すみません」

エルネスタが謝ると、彼は振り向いた。

「いや、本の落書きを見ていたんだ」

「えっ、誰がそんな……？」

「誰かはわからないが、二百年前の写字生だろうね。ほら、ここ――『私は飢えていて寒い。救い給《たま》え』」

彼が指差したのは、欄外に書かれた文字だ。

「二百年前？」

「当時は印刷技術もなかったから。本を書き写す部屋には灯《あか》りもなく暖も取れないことを嘆いているんだ。こんな落書きが見られるのは、手書き写本ならではの面白さだと思うよ。王室図書館のものは印刷されたもので、こういう楽しみはないんだ」

「そうなのですか、全然気がつきませんでした」

「この店にある本については、もしかしたらきみより詳しいかもしれない」

そう言って笑う、珍しく饒舌《じょうぜつ》なアレクシスに、エルネスタの胸が高鳴る。

「当店の本はもう読み尽くされてしまいましたか？」

もしそうなら、彼がこの店に来る理由がなくなってしまう。

そう思うと、エルネスタは寂しくなった。

彼が初めてこの店に来た時は、顔色も悪く、無口で、全く笑わない少年だった。

最初の頃はお茶を出しても、こちらを見もしなかった。

他人にはわからない悲しみを背負っているみたいに、背中がいつも寂しそうで、それを見ているだけでエルネスタまで悲しくなった。

神父は、彼の悩みや苦しみを癒やすためにこの書店に連れてきたらしい。

エルネスタにとって、王族なんて天使みたいなものだ。けがをした天使が少しの間地上で羽を休めているだけなのだから、傷が癒えたら手の届かない天上に帰るのだろう。

彼はお茶を受け取る時に礼を言い、ジャムの材料を言い当て、そして笑うようになった。全集もあと三巻で終わってしまう。

だから、ここに通う理由はなくなってしまうのだろうか。

彼は、さあ、と言って微笑《ほほえ》んでいた。

「エルネスタ、いつまでも邪魔をしてはいかん」

父の声が聞こえたので、エルネスタは慌ててアレクシスのテリトリーから退いた。

「それから、昨日片づけた詩集を出してきてくれ。アルペルッティだ……どこにあるかわかっているだろうな?」

「はい、お父さん」

エルネスタは店の奥の、少し古くなった書物を収納してある棚まで歩き、その前に踏み台を置いた。この場所は床が荒れていて踏み台の座りが悪いから気をつけなくてはならない。アルペルッティの詩集は、もう売れなくなったからと父がいちばん高い段に置いたのだが、そのたんに求める人がやってくるのはよくあることだ。

エルネスタは裾を少し持ち上げ、用心深く踏み台に上った。それから思い切り腕を伸ばしたが、あと少しのところで届かない。

――もう少し……。

エルネスタは踏み台の上で静かにつま先立った。

少しぐらついて不安定だが、お客様が待っていると思うと無理をしてしまう。

もうひと息、とさらに背伸びをしてようやく目当ての本に手が届いたその瞬間、足元が崩れるような感覚に見舞われる。

「あ……っ」

エルネスタの体がぐらりと傾く。

本だけは傷《いた》めないように胸に抱え込んだため、無防備な姿勢で踏み外してしまった。

「ああ」

膝の高さほどの踏み台であっても、受け身を取れなければ石床に叩《たた》きつけられてしまうだろう。目を閉じたが、怖くて鳥肌が立ち、肌がちくちくした。

だが、覚悟していた硬い衝撃と痛みはやってこなかった。

派手に転んだはずなのに。

その代わりに、目の前にあったのは白い優雅なクラヴァットと紺のコートに施された金糸の刺繍《ししゅう》。それになんだか典雅な香りがする。

誰かの腕が彼女の体を抱き止めていた。

「危ないな」

少し焦ったような声が下りてきた。

エルネスタが目を上げると、青年が覗《のぞ》き込《こ》んでいた。

ひどく不安げな表情で、顔色も悪い。

それでも崩れない完璧な造作を持つ美しい面立ちがどうしてこんな近くにあるのか。

「……アレクシス様！」

自分の置かれている状態がようやく理解できた。

「ど、どうして――」

「危なっかしいなと思ってついてきたらやっぱりこんなことに」

「も、申し訳ございません。おけがはございませんか？」

「そっちこそ大丈夫か。けがはない？」

アレクシスに抱きしめられた状態のまま、エルネスタは震えていた。落下の恐怖ではなく、彼の腕の中に収まっているこの状況に心臓の高鳴りが止まらない。

何年来のつきあいのあるお客様だが、彼の顔をこんな至近距離から見たのは初めてだ。

いつも伏せがちだった彼の目がしっかりと開かれている。

その虹彩《こうさい》はこちらが吸い込まれそうになるほどの鮮やかな青で——『王族のブルー』と言われている独特の輝きをもつ瞳なのだ——髪の色と同じアッシュブロンドの睫毛《まつげ》は長くて儚《はかな》げな雰囲気を醸し出している。

目鼻立ちの整った様子は、彼が動かなければ彫像かと思うほど完璧だ。

そして知的な唇——。

「はい、ありがとうございます」

すぐに離れるべきなのに、彼の腕は緩まないいし、エルネスタも体に力が入らない。

彼もこの事態に頭が追いつかないのか、しばらく呆然《ぼうぜん》としていたが、エルネスタの無事を確認したら気が抜けたのか、顔に安堵《あんど》の色を浮かべた。

「よかった……」

彼の頬《ほお》に血色が戻り、唇に微笑が浮かぶ。彼は右腕でエルネスタの体をしっかりと抱え、左手で彼女の頬をそっと撫《な》でた。まるで壊れ物を扱うように。

彼の指が触れたところが熱くなって、自分の頬も赤く染まっているような気がする。

見つめ合う時間は数秒だったかもしれないが、時が止まったような気がした。

王宮の至宝とも思える美貌を目の当たりにして、エルネスタの心臓の音が聞こえそう。

「おい、どうしたんだ？」と父が離れた場所から声をかけた時、ようやく魔法が解けたように二人は身じろいだ。

「――ごめんなさい、ちょっとふらついただけ。大丈夫よ、お父さん」

エルネスタは抱えたままになっていた詩集の表紙が折れたりしていないか確かめるふりをして、やっとのことで彼の視線から逃れた。

「ありがとうございました」と言って、アレクシスの腕から離れ、父と話している客のところへ詩集を持っていく。

硬い床の上を歩いているのに、なぜか雲の上を歩いているみたいに体がふわふわしていた。

――とっさに助けてくれただけ、それだけなのに。なぜこんなにドキドキするの？

その日以来、エルネスタはアレクシス王子が発する言葉のひとつひとつに聞き入り、彼の些《さ》細《さい》な動きが気になるようになった。

最近はふとしたはずみに、王子と視線が合うことが多くなった気がする。

目が合うのはきっと、エルネスタが彼を見てばかりいるからだ。

そんなに見たら無礼だとわかっているのに、見てしまう。

あの美しい瞳やさらさらとなびく絹糸のような髪、読書する時にふと悩ましげに漏らす溜息さえ貴重な宝物のように思える。

エルネスタにとって、彼に紅茶とジャムを運ぶ時は至福のひとときで、少しでも話題が続くようにとジャム作りにも力が入るのだった。


しかし、そんな楽しみにも影が差してきたのは、父がめっきり弱ってきたからだ。

その日はアレクシスが来たというのに、父は起き上がれなくて奥の作業部屋で休んでいた。

「殿下が来られたのなら行かねば」

父は起きようとしたが、たちまち体が萎《な》えたように長椅子に崩れた。

「お父さん、大丈夫よ。店番ならちゃんとできるし、わからなかったら訊《き》きにくるから」

実際、エルネスタは仕入れ以外の仕事はひと通りこなせた。

アレクシス王子は彼の専用席で気ままに過ごすので、後でお茶を出せばいいのだ。

彼女が新刊の小説を表通り側の陳列台に並べていた時、通りすがりの客から同じ作者の他の作品もほしいと言われた。

──今日は踏み台はなくても届きそう。

彼女は背伸びして腕を伸ばしたが、自分の手が届くより先に、別の誰かがその本を掴《つか》んで抜き出した。

「これかい？」

彼女の背後から、いとも簡単に本を取ったのはアレクシスだった。

頭一つ分は彼のほうが背が高いし、腕も長い。

棚と彼の胸の間に挟まれて、エルネスタは硬直してしまった。おまけに耳元で語りかけてくるのは涼しげな、極上のバリトンだ。

「は、はい、恐れ入ります」

エルネスタは店の入り口で待っている客にその本を渡した。勘定を済ませてアレクシスの特別席まで礼を言いに戻ると、彼は言った。

「それにしても、きみはよく働くね。宮廷の女性は踏み台に上ったりなどしないよ」

「今日は踏み台ではありませんでしたよ」

「そうだけど……か弱そうなきみがそんなことまでするなんて──リルーシュさんはそんなに具合が悪いのか？」

最後のほうはひそめた声音だった。

エルネスタは返事ができなかった。

彼が父のことを気にしていてくれたなんて知らなかった。そんなやさしい言葉をかけられると、こらえていたものが崩れてしまう。

「あの……」

彼女がやっとのことで言葉を発したと思ったら、それより雄弁に涙が頬を伝った。アレクシスも驚いただろうが、自分でもびっくりした。

「エルネスタ？」

「ごめ……なさい……父はなんでもないって……言うんです。でも――」

頑固な父は医者に行こうともしない。

自分の病気を認めたくないのかもしれない。

エルネスタがいくら診察をうけるように勧めても、かえって不機嫌になったりして聞いてくれないのだ。

そんな不安な感情が、彼のやさしい言葉によって堰《せき》を切ったように溢《あふ》れてきて、みっともないとは思うのだが止められない。

するとアレクシスは立ち上がり、エルネスタの涙を指で拭った。

「かわいそうに。ひとりで悩んでいたのか」

「アレクシス様……」

彼は、本来ならこんな小さな店に現れることのない高貴な人なのだ。その人に気遣ってもらえただけでも父は光栄だと思う。

「心配いらないよ――そうだな、いつものように美味しい紅茶とジャムをくれないか」

王子の言葉に慰められて、エルネスタは心を込めてお茶を淹れた。

だが、彼の言葉はただの慰めではなかった。その夜、宮廷から医者が遣わされたのだ。

「王子殿下の命令です」

そう言われると、頑《かたく》なだった父も受け入れざるを得なかった。

父の診察の後、エルネスタは書棚の前の踏み台に座って俯《うつむ》いていた。

いくら頑として聞き入れなかったからといって、父の言うままに放置させてしまったことを心から後悔した。エルネスタも知らなかったが、父の足は恐ろしくむくんでいて、内臓がほとんど機能していないことを示していた。

医者はなぜもっと早く診《み》せなかったかと残念そうに言い、苦痛を和らげる薬を処方すると約束して帰ったのだ。

父になんと説明をすればいいのかわからず、彼女は両手で顔を覆って泣いていた。

――早く乾いて……涙。

そうでなければ父の部屋に行けない。悪い結果を覚《さと》られてしまうから。

「エルネスタ」

ふいに声をかけられて顔を上げると、アレクシスが立っていた。

「心配するな、なんて調子のいいことを言ってすまなかった」

彼も医師から説明を聞いたのだろう。

「いいえ、お医者様を寄越《よこ》してくださりありがとうございました」

彼女は立ち上がったものの、悲しい現実に足元がふらついてしまった。

そんな彼女をアレクシスが引き寄せ、そのまま抱きすくめる。

「アレクシス様……」

彼の衿《えり》から垂れている金鎖の冷えた感触が頬に当たる。エルネスタは自分の涙で上質なクラヴァットを濡《ぬ》らしてしまうのではないかと思ったが、彼はしっかりとエルネスタの頭を抱え、黒髪にキスをしたのだ。それから、彼女の濡れた瞼《まぶた》を唇で拭い、頬をついばみ、最後は唇にキスをした。

エルネスタの頭は真っ白になってしまった。

自分の唇を塞いでいるのが、アレクシスだなんて。しかもそれは挨拶のキスとは違う。甘くてやさしくて、蕩《とろ》けてしまいそうな口づけなのだ。

――どうして……？

一瞬、父を心配する気持ちも不安も消し飛んでしまい、夢の中にいるような心地になった。王室で調合されたものか、高貴な香りのするクラヴァットがエルネスタの喉元をくすぐり、彼の大きな手はエルネスタの頬に添えられている。心臓がこれ以上ないくらいに跳ねて、とうとう彼女は腰くだけになってしまった。

踏み台の上にぺたりと座る格好になったエルネスタを、アレクシスが慌てて支えた。

「ごめん……こんな時に。どうやって慰めたらいいかわからなくて――」

――慰めて……くださったの……？

「驚かせてすまなかった。だけど、きみはひとりじゃないから」

彼はそう言って、エルネスタの目の高さに視線を合わせるように跪《ひざまず》き、彼女の手を取ってその甲にキスをした。

「きみのことは私が守るから」

まるで童話の中でヒロインが求婚されているようなワンシーンに、夢見心地だったエルネスタははっとした。正真正銘の王子様を跪かせているなんて、あまりにも畏れ多い。

「アレクシス様、どうかお立ちくださいませ」

いくら懇願しても彼が立ってくれないので、エルネスタも床に膝をついた。二人で膝をつき合わせるような格好で手を取り合ったまま見つめ合う。

「お願いします。アレクシス様、どうしたらお直りくださいますか？」

彼女が困り果ててそう尋ねると、アレクシスは言った。

「きみが微笑んで、私の目をやさしく見つめて『はい』と言ってくれたら」

何に対する返事なのか混乱していてわからなかったが、とにかくエルネスタは王子の瞳を見た。昼の明るい時はネモフィラの花畑のようなブルーで、今、暗い部屋では彼の虹彩は微《かす》かに発光しているように見える。微笑むのは難しかった。彼女はいつも困った顔をしていることが多かったのだと思う。

「はい……アレクシス様」

そうしてなんとかアレクシスを立たせて自分も立ち上がると、エルネスタは尋ねた。

「でも、何に対してのお返事なのでしょう？」

「そうだな――もう一度キスをしてもいいかっていう質問への答えだ」

「ええ……？」

どう考えてもおかしな嘘《うそ》だ。そんなことはひと言も言わなかった。

「じゃあきみは何に返事をしたの？」

そう問い返されると困ってしまう。

「わかりません」

「契約内容も見ずにサインをするようなものだよ。気をつけたほうがいい」

アレクシスは悪戯《いたずら》っぽい顔でそう言うと、エルネスタの唇にかすめるようなキスをした。

「さあ、もう涙は乾いたね。お父さんのところに行っておいで。宮廷からいい薬がもらえることになったから、すぐによくなると言えばいい」

あとから思えば、この時には既にエルネスタはアレクシスが大好きになっていたし、彼からも特別な感情を持たれていたのだろうと思う。

彼が守ってくれると言ったことを、エルネスタは心強く思った。

結局、病気についてはもう手の施しようがなかったわけだが、手厚い看護を受けた父は苦しむこともなく、穏やかに逝《い》ったのがせめてもの救いとなった。

＊　＊　＊

父が亡くなった後、二ヶ月ほど店を閉めていたが、その前からアレクシスの足は遠のいていた。当時、第一王子が重病という噂《うわさ》が流れていた。

アレクシスが心の支えとなってはいたが、リルーシュ書店が閉まっている限りエルネスタと彼に接点は全くないのが現実だ。父の遺言により、エルネスタはここを引き払って姉の婚家に身を寄せることになった。

これで彼に会えるというほんの小さな希望すらなくなってしまう。

初めての抱擁、そして口づけを思うと今も胸が切ないが、もう忘れなくてはならない。

彼はとても手の届かない存在なのだから。


だがその時、「奇跡」はやってきた。

ふいに、扉を叩く音がした。エルネスタが用心してカーテンを細く開けて見ると、街灯の下、長身の人影が見えた。

逆光でもすぐにわかった。あの人だ。

「すまない、入れてくれ」

「アレクシス様……お待ちください、すぐに開けます」

こんな遅い時間に、という警戒心なんて全くなかった。ただ嬉《うれ》しくて、胸を弾《はず》ませて戸を開ける。自分が夜着にガウンをはおっただけの姿だということに気づいたのは、その後だ。

――すぐにお茶をお出しして、温まってもらっている間に着替えをしなくちゃ。

今日はどんなお茶にしようかしら……。

彼の足元は少しふらついていた。

「殿下……どうなさいました？」

お供も連れずにこんなふうに夜に現れるのも奇妙だが、いつもと様子が違う。

間違いなく「彼」なのに、何かおかしい。

輝かしく美しい瞳は、怜悧《れいり》な知性というより熱情に潤んでいて、普段は一糸乱れぬたたずまいなのに、クラヴァットは緩んで襟元もはだけている。

しかも、アッシュブロンドの髪も乱れ、額には汗がにじんでいた。

エルネスタは彼を招き入れると急いで錠をかけ、カーテンを閉じた。

「殿下、どこかお具合でもお悪いのですか？　今、お茶を――」

「いや……、水がほしい」

「はい、かしこまりました。どうぞ、いつものテーブルに」

エルネスタは案内しようとしたが、彼は店の入り口付近にうずくまったままだ。

「ここまで持ってこなくていいから、そこに置いて」

エルネスタはゴブレットに水を注いで、テーブルに置いた。

彼女は客にお茶を出す時、本を汚さないように必ず脇机に置いていたのだ。彼は顔も上げないし、入り口付近からテーブルまでのわずかの距離も歩けないようだ。

「あの……お立ちになれませんか？　お手伝いしましょうか……？」

「すまない、しばらくここで休みたいが、きみは離れていてくれ」

それは彼の配慮から出た言葉だろうと思った。父亡き後、この小さな店にはエルネスタひとりで暮らしていたのだ。深夜、男女がふたりきりでいるのはよくない。

「でも……ご気分がお悪いようですし、汗も――。お待ちください、今、拭くものを」

「触らないでくれ！　いいから離れて。できれば上の階にでも行って私のことは放っておいてくれ」

それは今まで一度も聞いたことのない厳しい口調だった。

エルネスタは彼の機嫌を損ねてしまったのだろうか？

これ以上彼の癇《かん》に障らないようにと、彼女は後ずさった。

でも、何かおかしい。彼はこんなふうに取り乱したりしない人なのに。

彼女は息を殺して、その様子を観察した。

背を丸めて、肩を震わせ、まるで手負いの獣みたいだ。

「熱……熱があるのではありませんか？　それとも酔漢《すいかん》に乱暴でもされましたか？」

「触るな！」

激しい拒絶にも、エルネスタは今度は怯《ひる》まなかった。怪我《けが》か病を悟られまいと強がっているようにしか見えなかったから。

「いやです、お医者様を呼ばなくてはならないのならわたしが走って参りますから。いったいどこがお悪いのかお教えください」

エルネスタは、せめて熱があるか確かめようと、無礼を承知で彼の頬に触れる。汗で湿った肌は、少しほてっていたが、高熱があるということでもないようだ。

「失礼しました」

そう言ってエルネスタが手を引っ込めようとした時、突然その手首を掴まれた。

「あっ」

「触るなと言ったのに」

彼はあえぐように言い、エルネスタを抱きすくめた。

そして大きな手で彼女のうなじと後頭部を包み込み、唇を重ねてきた。

「ん……っ」

そのまま床に折り重なるように崩れる。

――何？　何が起こってるの？

父の病に気を揉《も》んでくれた時は、もっとやさしく口づけて、甘い態度だったのに、今はまるで野獣みたいだ。

「ん……んん」

だが、人違いではないし、見た目は――特に暗闇でも尚《なお》、輝いて見えるその瞳は「彼」しか持ちえないものだ。だからよけいに混乱してしまう。

――どうして？　なぜ殿下はこんなことを……？

いくら考えてもわからないし、考える隙も与えず、彼が激しく唇をむさぼる。

こんな乱暴なものがキスと言えるかどうかも知らない。彼はエルネスタの唇を吸うだけでは飽き足らないのか、その唇を舌でこじあけた。

彼女の口中に舌が入ってきて、それが歯列をなぞり、這《は》うように嘗《な》め回した。

相手がもしも他の男だったなら、エルネスタは彼を突き飛ばして叫び声を上げ、無駄だとしても逃げようと足掻《あが》いただろう。

――でも、できない、そんなこと。アレクシス殿下だもの。

舌が絡め取られた時、ふと香草のような味がした。なんの草かは思い出せないが、アルコール混じりの芳醇《ほうじゅん》な液体が、彼の舌からエルネスタの舌へと移り、望まなくても彼女の口中に広がる。

すると、不思議な感覚が体内に染みていき、次第に体が熱くなってきた。

「ん……ぁ」

ようやく唇を解放されて、息を継いだ。

彼がそこで我に返り、自分のしたことに驚くのか、酔った勢いだったと詫《わ》びるのかどちらだろうと思ったが、どちらでもなかった。

「盛られた……」

と、彼は呻《うめ》くように言った。

「盛られた……何を、ですか？」

毒だとしたら、すぐに医者を呼ばなくてはいけないし、それよりも王宮へ侍医を呼びにいくべきだろうか。いったいどんな毒を？

「媚薬《びやく》──」

彼の唇からとんでもない言葉が飛び出した。

「媚薬……！」

「そうだ。……誰の企てかは知らないが」

媚薬とはどういうものなのか、エルネスタには見当もつかないが、彼を野獣のように変えてしまったのもその薬のせいなのだろう。

「苦しいのですか？」

「女を差し向けられたが、私は拒絶して──それから……きみの顔が浮かんで」

「それは……どういうことですか？」

「きみ以外の女に触れるのも触れられるのも嫌だったから。気がついたらここにいた」

「アレクシス様……わたしのことを思い出してくださったんですね」

なぜ彼がそんな目に遭っているのかはわからないが、他の女を抱かずにここに来たということだろう。そのことをエルネスタは嬉しいと思った。

「きみ以外の女と過ちを犯すのだけは避けたいが、ここに来てから失敗したと思った。きみを目の前にして禁欲的でいるのは不可能だ。だから離れてほしいと言った」

彼はそう言って喘《あえ》いだ。

薬によって無理矢理に欲情を促されることは、すごく苦しいのかもしれない。

神に祈るほど会いたかった人が、こうして来てくれたのだから報いたいと思う。

エルネスタは言った。

「どうか、アレクシス様の思うようになさってください」

アレクシスは彼女の言葉に怪訝《けげん》な顔をした。

「……なんだって、本気か？」

エルネスタが頷《うなず》くと、彼はその腕を引いて抱き寄せた。再び顔が重なる。

「後悔するよ」

掠《かす》れ声で言った彼に、もう自制する力はなかったと思う。

腕を引かれて彼の胸に倒れこんだエルネスタは、そのまま床に組み敷かれる。

それからむさぼるような口づけを何度も繰り返された。

唇だけでは足りないというように、彼のキスはあごから喉へと食《は》んでいく。

「エルネスタ……きみを味わい尽くしたい」

「……っ、あ、ぁ……」

彼は獣のようにエルネスタの肌をしゃぶり、彼女の夜着を剥《は》いでいった。

「あ、……お許し……ください……殿下……っ」

身を任せると決めたものの、肌を曝《さら》すのは恥ずかしい。

抗《あらが》う自分の声が妙に上ずっていて、まるで街角で身をひさぐ女のように媚《こ》びた響きだ。

不思議と、未知の体験への恐怖心はなかった。

怖くない。

そして、体の奥が騒いでいる。

熱くほてり、疼《うず》いてしまう。

きっと、彼の口からエルネスタの口に同じ毒がもたらされたに違いない。媚薬という毒が。

彼が誰によってそんなものを飲まされることになったのかはわからないが、あの冷静な彼が理性を飛ばし、昂《たかぶ》った状態にさせられてしまうほど強いものなのだろう。

彼がふだんどおりなら、こんな事態には決してならなかったはず。

エルネスタはとうとう一糸まとわぬ姿にさせられてしまった。

——でも、そんなこと、どうでもいい……かも。媚薬のせい？

エルネスタはそれをほんのわずかしか口にしていないはずなのに、羞恥心が薄れていくのを感じた。

彼の唇が自分の肌に触れ、湿らせていくのが心地よくなってくる。

「殿下、本当にわたしで……いいの、ですか……？」

わずかに残っていた理性をふりしぼって、エルネスタは言った。彼が我に返った時、激しく後悔するのではないかと思ったから、止めるなら今しかない。

「きみが好きだからこそ、きみを汚したくない……だが、もうどうにも、できない」

彼は苦しそうに言った。

そして両腕をエルネスタの背中に回して強く抱きしめた。

「あ……っ」

ふだんの彼からは想像もできない荒々しい力と抱擁。

どこに触れられても、何をされても淫らな快感に身を震わせ、甘い悲鳴を上げ続けていたことは、この耳が覚えている。

夜着を剥《む》かれて肌を冷気にさらされ、濡れた舌が乳房を吸った時ですら、もう恐ろしさも恥ずかしさも感じなかった。それどころか、彼の指先が触れるだけで、硬い蕾《つぼみ》が一気に弾けるような衝撃に見舞われて、大胆な気持ちになっていくのだ。

彼の指がエルネスタの足の間の柔らかい包皮を摘まんだ時、彼女は経験したことのない快感に仰《の》け反《ぞ》り、全身を震わせた。

その震えが収まった後はぐったりと力が抜けてしまったが、彼はまだ愛撫《あいぶ》を止めなかった。未踏の蜜洞に長い指を忍び込ませながら、彼はエルネスタの弾けるような乳房を舐《な》めた。ぴくんと屹立《きつりつ》した胸のいただきを交互に吸われ、胎内では指がうごめく。

同時に、そして休みなく与えられる新しい刺激の全てにエルネスタは反応し、びくびくとのたうち、淫らなよがり声を上げていく。

体の隅々に心地よい刺激を与えられ、雲の上を漂っているような感覚だ。声が掠れるほど啼《な》いて、肌を薔薇色に染める。正体のわからないもどかしさに足を摺《す》り合わせた時、内腿《うちもも》がびっしょりと濡れていることに気づいた。

愛を乞う花蜜が体の奥から溢れてきたのだ。

アレクシスの指が胎内を掻《か》き回すたびに、とろとろと流れ、彼の手をも濡らしている。

その手が彼女の膝をそっと開いた。

「エルネスタ……こらえてくれ」

彼は囁《ささや》くように言い、ゆっくりと体を重ねてきた。

下腹部に硬いものが触れ、エルネスタはさらに体を開かれていく。

花裂が露わになり、そこに何かが押し当てられた。

突然、体の中心に鋭い痛みが走り、その時だけは喜悦ではなく苦痛の叫びを上げた・

「あ……っ、ぁああ――っ」

濡れ襞《ひだ》が引き裂かれたかのような衝撃に、目がちかちかして睫毛が濡れる。

「あ、あ……う」

「エルネスタ、エルネスタ……！」

悩ましい声音で何度も名前を呼ばれたが、エルネスタは杭《くい》を打たれたような重圧感に息もできなかった。処女の砦《とりで》は恐怖に目覚めて強張《こわば》ってしまい、全てを収められていない。

アレクシスは苦しそうに喘ぎながら言った。

「息を吐いて……くれ」

彼女が従順に、途切れながらも息を吐ききった時、アレクシスが腰を突き上げた。

「ぁあっ」

一気に押し込まれた剛直は、まるで鉄でできているみたいに思えた。

エルネスタの内側で何かが弾け、その帳《とばり》を開いてようやく最奥まで貫通したのだ。

心臓はどくどく鳴り、全身から汗が噴き出した。

彼女の胸から下腹部にかけて、湿った肌がびくびくと収斂《しゅうれん》している。

自分の体が自分だけのものでなくなった感覚を知り、涙がはらはらとこぼれた。

だが悲しいのではない。ひとつの殻を破って外へ抜け出したような感覚だった。

冒険には危険がつきものであるように、愛を受け止めるための痛みなのだ。

「きれいだ」

そんなことを言う彼の、暗闇で煌めく美しい虹彩を見つめながら、それよりきれいなものがあるはずもないと彼女は思った。

やがて痛みはぼんやりとした痺《しび》れに変わる。これも媚薬のせいかもしれない。

彼が動き始めた。媚肉を擦りながら体を退き、再び進む。内襞を抉《えぐ》り、子宮口を突く。

「ア……アレクシス、さま……っ」

湧き上がる快感に溺れそうになり、夢中で手を伸ばす。

何度も突き上げられながら、エルネスタは彼の背中にしがみついて、嬌声《きょうせい》を上げた。

あまりにも深く繋《つな》がっていたから、このまぐわいが永遠に続くかのように思える。

――それでもいい……！　この方が好き。

知的で理性の塊のような美しいアレクシスを愛《いと》おしいと思っていた。

だが、こんな熱情的な彼の一面を目の当たりにしても、彼への憧れは色褪《いろあ》せたりしない。

重ねた肌の熱さも、汗の匂いも、妖艶な息遣いも――。

「エルネスタ……素敵だよ」

いつの間にか、二人が一体となって揺れていた。

完全に媚薬の虜《とりこ》になってしまったのか、それともアレクシス自身の虜になったのかもしれないが、彼女の神経という神経が喜びに震え、彼の抽挿に胎内がわななく。

法悦に我を忘れ、もっと蹂躙《じゅうりん》してほしくなる。

「あ、あっ、……あ、だめ……溶けて……しまいます」

背筋を這う官能に、彼女は思わず爪を立ててしまった。

「……っ」

アレクシスが呻き、エルネスタの中でどくんと膨張する。

「ああ……ん」

歓喜の極みで脳内に光が満ち、本当に体が溶けてしまうかと思った。

体の中で彼の劣情が弾けて、肉襞を舐め広がる。

雷に打たれたような強烈な衝撃と快感に、エルネスタの意識は完全に飛んだ。

先に正気を取り戻したのはエルネスタだった。
一瞬、奇妙な夢を見たのだと思ったが、すぐに現実だと覚った。
日常的にはあり得ない倦怠感《けんたいかん》と下腹部の鈍い痛みが全てを物語っていたのだ。
――わたし……アレクシス様と……！
肉体にはまだうっとりとした甘い余韻が残っているが、頭には驚愕《きょうがく》しかない。
――アレクシス様は媚薬を飲まされて……でも、わたしは……。
自らの意志で彼を受け入れた。そのことに後悔はないが、彼はどう思うだろう。
彼女はふらふらと立ち上がり、床に落ちていた衣を拾い上げた。
全身が痛かったが、それをこらえて夜着を頭からかぶり、もたもたと袖を通す。
恐ろしいことをしてしまったと思い、すぐにでも元の姿に戻りたかったのだ。
彼はまだ眠っていた。
エルネスタは血の気の引く思いをしながら彼に毛布をかけ、そっと遠ざかった。
カウンターの陰に身を潜めて、事態を見極めようとする。

——どうしよう。わたしはどうしたら……？

やがて彼が目覚めたらしく、身動きする気配がしたが、エルネスタは細い通路に隠れていた。

「ここは……？」という彼の声が聞こえる。

衣擦《きぬず》れの音がした後、もう一度彼は言った。

「誰か、いませんか？」

エルネスタはどうしていいかわからず、息を殺していた。

何があったかなんてとうてい説明できなかったし、彼がこのことを知って狼狽《ろうばい》したり、ましてや嫌悪感を抱くようなことがあったらと思うと怖かったのだ。

何度か、店内に人がいるかと呼んだあと、彼は何を思ったか、そのうちに店を出ていった。

もうこの書店には誰もいないと思ったのかもしれない。

エルネスタはその朝、姉の住む田舎の町へと旅立った。

長旅の間、エルネスタはどうにかして心を落ち着けようと努力した。

傷ついたとは思わなかったが、不可解なことばかりだ。

でも、あのまま彼と顔を合わせずに別れたのはよかったと思う。

過ちを悔いて詫びられたりしたら悲しい。

たとえば償いをすると言って、金銭の話などされたらもっと辛い。

あの人はずっとあこがれの人で、嵐のような夜を過ごしても、好きだった気持ちは全く色褪せていない。

旅の間に心が落ち着いてくると、「あれは神様の見せてくれた夢だ」と思うようになった。

自分も知らないうちに恋い焦がれるあまり、淫らな気持ちが心の奥に潜んでいて、あんな夢を見せたのだと。

だが、いずれ現実だったと思い知る日がくる。

第二章

「お嬢様、ロイ坊ちゃんがお目覚めです」

赤毛の少女がそう言いながら、赤ん坊を抱いてこちらにやってきた。彼女はエルネスタの姉の婚家で働いていたメイドのダナだ。エルネスタは今はメイドの実家に身を寄せている。

そこは貧しい農家で、娘のダナを食《く》い扶持《ぶち》減らしに男爵家の下女に出すくらいなので、エルネスタを受け入れる余裕はないはずだ。

男爵家の言いつけだから歓待してくれてはいるが、姉からもらった金もそろそろ底を尽きてきた。姉の算段より何か月も長くこちらにいるので仕方ない。

少しでも収入を得ようと、エルネスタは納屋を借りて仕事を始めた。父の遺《のこ》した木版画に文字を足して、暦《こよみ》の小冊子を作っているのだ。

農家では種まきや刈り取りなどの農作業は、暦を目安に行うからきっと売れるはずだと思った。金にならなくても、何かと交換してもらえると思う。

「こんなむさくるしいところで、本当に申し訳ないですねえ」

赤毛のダナから赤ん坊を受け取り、左腕にその頭をのせて抱き直す。

随分重くなった。

短くて柔らかいブロンドの髪は、黒髪のエルネスタとは似ても似つかない。

そして瞳はブルーだ。

エルネスタにとってこの子はかけがえのない宝物だ。

「ううん、ここに置いてもらえるだけでどんなに助かっているか。お姉さんの家にはいられなくなっちゃったけど、あなたのおかげでこの子とも一緒にいられるし」

あの晩、不思議な邂逅《かいこう》があって――しばらくの間、エルネスタは夢か幻覚だったと思うようにしていたが、それが現実だったことはこの赤ん坊が証明している――すぐに実家を出て姉の婚家に身を寄せた。

姉フロレンツィアの夫はグスタフ・リーフマンといって男爵のわりにそれほど裕福ではないが、プライドだけは高かった。妻が商家の娘ということで見下しているところがあり、姉が相当気を遣っているのがわかる。

エルネスタの懐妊にいち早く気づいたのはそのフロレンツィアだった。

妹が時々気分が悪くなること、体つきが丸みを帯びてきたこと、男爵家に居候して二か月の間、月のものがないことを、本人より先に気づいて訝《いぶか》しんだのは、すでに四人の子を産んだ経験ならではだろう。

「そんな……まさか」

エルネスタは自分のことなのに他人事のように驚いた。

「身に覚えが全くないって言うの？　私だってそれを願うけど。エルネスタがそんな浮ついた人間じゃないってことは私がいちばんわかってるし、でも……」

──あのたった一度の過ちで……？

「もちろん何も心当たりがないなら病気よ。処女で懐妊なんて聖女の話だから」

「全くないわけでは……ないわ」

エルネスタが震える声で答えると、姉は衝撃に顔色を変えた。

「誰なの？　その人は妊娠のことを知ってるの？　まさか無理矢理……」

「違うわ、お慕いしてる人です」

「じゃあ知らせなきゃ。そしてすぐに結婚式を挙げるのよ。そうでなければ子どもは一生みじめな思いをするわ。名付け親は誰に頼もうかしら……それとも」

姉がどんどん話を進めていこうとするのを、エルネスタはかろうじて止めた。

「待って。結婚なんて無理よ。婚約もしていないの」

それどころか、交際すらしていなかった。姉は目をさらに　た。

「あんた、なんてふしだらな！　相手は本屋の客？　信じられない。お父さんがついていながら……ああ、お父さんは最後のほうは病気だから目が届かなかったのよね。人の弱みにつけこむなんてひどい男！」

相手を今にもぶちのめしそうな姉の剣幕《けんまく》に、エルネスタは絶対にその名前は言えないと思った。なにより、あの晩のできごとはエルネスタにとって神秘的で不可思議なものであり、人に下卑た解釈をされたり愚かだと見下されたりしたくない。

「ごめんなさい、お相手のことは時が来たら言うわ。今は許して、お姉さん。でも……わたしはこれからどうしたらいいのかしら？」

「まさか、産むつもり？」

姉の質問は容赦なかった。

「父の名も言えないなんて、姦淫《かんいん》の子とみなされても仕方ないのよ。あきらめるなら今のうちだから、よく考えなさい。私はやり方を知らないわけじゃないから……危険だけど、そのほうがあんたにはいいかもしれない。身一つならなんとでもなる。でも、もし産むというなら、あんたをここへはもう置いておけないわ」

「そんな、お姉さん……！　どうして？」

「グスタフに言えるはずないでしょう。男爵家のプライドに凝り固まったあの人はそんなことは絶対許さないんだから……私だって心底驚いてるし、まだ受け入れられていないけど。どうしても産むなら、実家にしばらく戻ると言ってどこかでひっそり産んで、里子に出すのよ。あんたひとりならまた迎え入れることができるでしょう、全て人に知られないようにやってしまわないといけないけど」

それが現実の厳しさというものだった。

未婚で子を産むなど、以前のエルネスタならとんでもない不祥事だと思ったに違いない。

しかし、ひとりになって「お腹《なか》にあの人の子どもがいるかもしれない」と考えた時に湧き上がってきたのは、恐怖でも後悔でもなく言い知れない喜びだった。

あの美しく、怜悧でやさしい人の子どもがお腹にいる——。

神が創造したというにふさわしい、完璧に配置された造形、極上の絹糸みたいなアッシュブロンドの髪。どんな希少な宝石も敵《かな》わない不可思議な光を宿した青い瞳。

エルネスタはいつも、彼が天上から雲の階段を下りてやってくるのだと想像していた。

その人の子をこの身に宿した！

彼にとって一夜の過ちだったとしても、エルネスタにとっては永遠の幸福だと思う。

——産みたい……。

この先、姉に見限られても、その子がいれば生きていける気がした。

——産むわ！　絶対に守る。誰に反対されても。

姉の厳しい言葉は、エルネスタを脅《おびや》かすどころか、強い覚悟となって彼女の心を支えていた。

これまでの彼女なら決して親や姉に逆らうことはなかったのに。

エルネスタが男爵家を出ると決めると、姉は自分で縫った産着と、いくらかの金を妹に渡した。男爵は倹約家だから余分な金を与えるとは考えられない。姉が夫に隠して持っていたへそくりだろう。

「戻ってくるまでなんとかこれで食いつなぎなさい。子どもを産んだらすぐに里子に出すのよ、私が預け先を探しておくから」

さらに、道中の安全のためといって、メイドのダナを付き添わせてくれたのは何よりも心強かった。

エルネスタは子どもを手放すという姉の助言を聞き入れるつもりはなく、男爵家にも、もう戻らないつもりだった。

そうして彼女は翌年、男の子を産んだ。

＊　＊　＊

「随分たくさんこしらえなさったんですねえ、暦。こんなにどうするんですか？　お嬢様」

ダナが作業台を眺めて言ったので、エルネスタはようやく我に返った。作業台といっても、レンガの上に古い戸板を渡した簡素なものだ。

エルネスタは、父の形見として持ってきた木版とアルファベットの刻印を使って一色刷りの小冊子を作っていた。昔から父のやり方を見たり手伝ったりしていたことが役に立ったのだ。

「ふもとの町へ行く行商のおじさんに頼んで売ってもらおうと思うの。お父さんの店でも、高価な本は全然売れなかったけど、こういう実用的なものは売れたから。少しでも稼がないとね。ダナのご家族にお世話になりっぱなしじゃいけないし」

行商のおじさんというのはロバを引いて定期的に現れ、村人の御用聞きをしたり手紙を預かったり届けたりするので、エルネスタもすっかり顔なじみとなっていた。

「そんなあ……水臭いことをおっしゃって。うちのかあちゃんたちだって、坊ちゃまがかわいい、かわいいって大喜びなんですから」

ダナはそう言ってくれるし、実際、彼女の家族も気を遣ってくれてはいる。しかし、いかにも訳ありな様子で子を産んだ女に対する好奇や批判の目は、都会よりももっと厳しいはずだ。近所でも噂になっているだろう。

　そのため、ダナの家族に遠慮して暖かい昼間は納屋にいるようにしている。

「お嬢様、でも白黒だけじゃあなんだか物足りませんね。あたしだったら、色がついていたら嬉しいですねえ。字が読めなくてもそれなら欲しくなります」

「色……！　でも色インクを買うお金はないわ」

「あはは、これだから都会育ちのお嬢様は！　買わなくったって、あるじゃありませんか」

　ダナの目端の利くことにはびっくりだ。

　彼女はすぐに裏山に行き、色のついた草の実を集めてきた。

「このヤマゴボウなんて、きれいな赤紫色が出ますすよ、お嬢様。でも口に入れちゃだめですよ、毒がありますから。お腹を壊して具合が悪くなっちゃうから絶対に食べちゃだめだって教わってきました。それから……逆にこの木の皮は煎《せん》じると薬になるけど、黄色い色がつくとちっとも取れないってかあちゃんがよく文句を言ってます」

「ダナ……あなたすごいわ。本当にきれいな色！」

　エルネスタはこの赤毛のメイドが気に入っている。学問をおさめたわけでもないが、好奇心旺盛だからか、物知りで機転が利くし、性格も明るい。

　ダナの助言のおかげで、彩色した暦と祈りの本は飛ぶように売れたとロバの行商人が言った。彼に手間賃を渡しても、ふた月か三月分のパン代ぐらいの稼ぎがある。

「あたしたち、ここで本屋を開きましょうかね？」

味を占めたダナがそう言って笑う。

「これで、まだしばらくはダナのご家族に迷惑をかけずに置いてもらえるわよね」

「うちにはそんな遠慮なさらないでくださいまし！　でも……奥様が……」

ダナの言う『奥様』とは、彼女がメイドとして働いていた男爵家の夫人であり、エルネスタの姉である。

「お姉さんからは矢のような催促の手紙が来てるわ。いつまでいるのかって……情が移らないうちにロイを手放せって……でも、無理よ」

「そりゃあそうですよ！　こんなにおかわいらしい坊ちゃんと離れちゃあいけません。あたしだって寂しいですよ、ねえ坊ちゃん？」

ダナが木製の樽《たる》に寝かせられたロイに呼びかけると、ロイは声を出して笑った。

「ほら、笑いなすったですよ！　もうあたしも坊ちゃんに夢中です」

せめてロイがもらい乳しなくてもいいように粥《かゆ》を食べられるようになるまで、などと言い訳して日延べを頼んできたが、姉の催促をいつまでかわし続けられるかわからない。

日に日に愛らしくなる息子の顔を見ると、この子と引き離されることは身を裂かれるより辛いと思った。

＊　＊　＊

ロイが生後八か月を過ぎた頃のことだった。

エルネスタが暦を作っていた時、ダナが納屋にやってきた。

「お嬢様、なんだか怪しい男たちが来ました。王都のお役人らしくて、あの暦のことで根掘り葉掘り訊いてくるんですよ。あたしは、嫌な予感がしたから、何も知らないって言っときましたけど」

「その人たちは何を訊いてきたの？」

「あの暦はどこで作っているんだって。木版にリルー……なんとかって文字があるが、その本屋は閉まってるって」

「リルーシュ書店ね。お父さんの木版をそのまま使って印刷したから書店の印も残っていたのよ。お店はお姉さんが後継者を見つけて続けてるはずだけど……それが何か？」

「その暦を作った人を探しているんだそうです。ふもとの町で買った人からそのお役人の手に渡って、人づてに聞いてようやくたどりついたらしいんです。あたしたちが売るのを頼んだってこと、ロバ爺《じい》さんに口止めしとけばよかった。……お嬢様、あたしたち、何か悪いことでもしましたかね？」

「法に触れるようなことはしていないはずだけど……もしかしたらお父さんの知り合いかしら。お父さんの店には貴族も来たし、その中にはお役人さんもいたかもしれないわね」

「よかったあ……！　じゃあお会いになりますか？　あたしが、知らぬ存ぜぬでしらばっくれたら帰ったけど、急いで追いかければまだ間に合うかも」

エルネスタは一瞬迷ったが、すぐに考え直した。

人の目を逃れて、婚外子を育てている身だ。たとえ父の知り合いでも会わないほうがいい。

「やめておくわ。きっとお父さんの書店の名前を見て懐かしくなっただけよ。久しぶりに訪ねていったら全然違う名前で、店主も変わっていたからびっくりしたんじゃないかしら」

「でも廃業とかも言ってましたねえ」

「廃業？　閉店でしょ、たまたまその日休みだったとか」

「いいえ、売りに出してるって」

信じられなかった。店舗は借り物なので、売るなら店の本だろうか。中には、常連客にしか価値がわからないがかなり高価な書物もあったのに。それが安くたたき売りなどされたら、二度と取り戻せないし、ひどい損失になってしまう。

姉は店をどうしてしまったのだろう。

足元が揺らぐような不安に、エルネスタは顔を曇らせたが、ロイがぐずり出したので静かに抱き上げた。

よけいなことを考えなくていい、とでもいうように赤ん坊はこちらの気持ちなどかまわず泣くので、エルネスタにとってはよかったかもしれない。

――今は、この子さえ元気に育てばそれでいい。

彼女はロイを抱きながら裏庭に出た。

「ほうら、空がとってもきれいよ。ロイ。あなたの目と同じ色」

この子がいなかったら自分はどうなっていただろうと思った。

この母子の姿を陰で見ている人がいるなんて、この時は全く気がつかなかった。

＊　＊　＊

「ロバの爺さんに文句を言っておきましたよ。なんでもかんでもべらべら喋《しゃべ》らないでって。それから、お手紙が来てます。奥様から」

ダナが、行商人であり御用聞きをしている老人から受け取った手紙を持ってきた。

「お店のことを尋ねたから、その返事かもしれないわ」

エルネスタが封を切るその横で、ダナがロイをあやす。

「よしよし。それにしてもロイ坊ちゃんの目はなんてきれいなんでしょう。お父さんもこんななんでしょうねえ……あっ、いえ、あたしはなんにも訊きませんよ、お嬢様」

ダナの本心は、ロイの父親がどんな人物なのかを訊きたくて仕方ないのだろうが、どちらにしても自分が知る人ではないと悟ってか、しつこく尋ねることはない。

「おお、おお。力強いこと……ほら、お嬢様。坊ちゃんたらあたしの指をこんなにぎゅっと握りしめちゃって。オモチャとでも思ったんですかね」

ダナがその指を軽く動かすと、ロイが笑顔を見せた。

「笑いました、笑いましたよ！　まるで天使ですね。……でもこんなかわいらしい時期を見られないなんてかわいそうなお父さんでちゅねえ」

ダナは最後は赤ちゃん言葉になって、ロイに話しかけているふうを装っていたが、エルネスタはその言葉にはっとした。

彼女の言うとおりだ。

ロイのことは自分ひとりで育て、相手に迷惑はかけないつもりでいたが、父親にとって我が子のこんな愛らしい表情やしぐさ、成長過程のひとつひとつを見届けられないのはどうなのだろう。

ダナに言われるまで全く思いも及ばなかった。

赤ん坊の成長は早い。

たった数日でもどんどん変わっていって、それぞれの愛おしい瞬間は、もう二度と見られない。エルネスタは、ロイの父親からその機会を奪ってしまっているのかもしれない。

心の重さにもたついて、ようやく手紙を広げたエルネスタは目を瞠《みは》った。

書店についてはうまくいかなかった。放っておくと家賃負担が大変なので売却したということだった。

そしていつもなら、情が移るから早く赤子を里子に出せとしか書いていなかったのに、今回の手紙はそれだけではなかった。

「お嬢様……どうなすったんですか？　悪い知らせですか？」

「大変だわ。お姉さんがロイの里親を見つけたって。もう話がついて向こうも乗り気だからすぐに連れに来るって……！」

「そんな！　すぐにって、いつです？」

「わからないけど、でもたぶん数日以内には——」

エルネスタの膝が震えて立っているのも辛くなった。

ロイのベッド代わりの木桶《きおけ》に寄りかかるようにうずくまる。

「書店も売却してしまったって。もう帰るところもないのにどうしよう？」

「お嬢様、しっかりなすってください。でも、ああ、どうしたらいいんでしょう。ロイちゃんが連れていかれるなんて、どこかに隠しちゃいますか？」

冗談ともつかないダナの言葉だが、ちょうどその時、遠くで馬のいななきが聞こえた。馬車だとわかるとエルネスタの頭は真っ白になった。

――お姉さんが来たんだわ！　わたしからロイを奪いに……！

ブランケットでロイの体を包み、抱き上げたまま、彼女はどこへ行ったらいいかわからず、納屋を出たものの、荷物は母屋だから取りに戻れないと思い直して途方に暮れる。

「お嬢様、落ち着いて！　あたしが時間を稼ぎますから、お嬢様は坊ちゃんを連れて裏の雑木林のところで待っていてください」

「雑木林……？　それでどうするの？」

「あたしは、お嬢様を呼んでくると言って引っ込んだ後、その足で雑木林に向かいます。お金と荷物を持って追いつきますから、お嬢様は何も持たないで。そこからふもとの町まで下りたら辻馬車に乗りましょう。大丈夫、暦を売ったお金があります。馬車賃くらいはなんとかなります」

ダナが流れるように段取りを説明してくれる。

その先はどうなるかわからないが、ここでウロウロしているよりはよほど現実的だ。

エルネスタは頷くと、ロイを抱いて裏庭に出た。

ダナの計画どおりに馬車に乗ったとして行く当てもないが、少なくともロイと離れることはないだろう。

こんなことなら、もっと早く綿密な計画を立てておくべきだったと後悔しながら、エルネスタはロイを連れて歩き出した。

緩い坂を上って雑木林を通り抜けた後は、ひそかに町へ下りられる。

しかし、坂を上がりきる前にその計画は頓挫した。明らかに農家の人々とは違う身なりの男が二人、何かを探すようなそぶりで歩いていたのだ。

エルネスタが灌木《かんぼく》の繁《しげ》みに身を隠した時、ロイが突然泣き出した。

「ロイ、しぃっ、お願い、泣かないで……」

などと小声でたしなめても無駄だった。ロイの泣き声はさらに激しくなり、もうどうしようもなくなった。

ロイの声に気づいたらしく、人影がこちらに向かってくるのを見ると、彼女は観念して立ち上がった。二人の男性はともに黒いマントをまとい、衿を立てて顔をほとんど隠していた。マントを飾る留め具や装飾金具から見て、ひとりが高貴な身分で、もうひとりはその従者のように見える。

「もしもし、ご婦人。このあたりでエルネスタ・リルーシュという女性をご存じないかね」

と、従者らしい男が言った。

名指しでくるということは、ロイを連れにきたとみなして間違いないだろう。

姉がここまでするとは信じられないが、挟み撃ちにされてしまってはどうしようもない。エルネスタはロイをしっかりと抱きしめ、せめて脅かさないように静かに揺らした。いつまでこの子と一緒にいられるかわからないが、この命ある限りは手放したくない。

「さあ、存じません」

彼女は白を切ろうと決めたが無駄だった。

「……エルネスタ？」

と、もうひとりの立派なマントの男性が言った。

その声に聞き覚えがある。

彼はマントの衿元を開き、自分の顔を曝した。

エルネスタはその瞳に釘付《くぎづ》けになる。どうやってロイを守ろうか、どう言い逃れしようかという算段は一瞬で霧散してしまった。

彼女は息を呑み、茫然《ぼうぜん》と彼を見つめることしかできなかった。

「……やっぱり、エルネスタだね？」

幻《まぼろし》を見ているのかと思った。

絹糸のようなアッシュブロンドの髪、鮮やかな青い瞳――。

「アレクシス……様……？」

――どうして……？

懐かしいというよりは、違和感しかない。

彼は心から安堵した顔つきでほほ笑むと言った。

「やっと見つけた」

それから、エルネスタの抱いている赤子に視線を移した。ロイを見た時、アレクシスは少し驚いたように見えたが、彼が何か言おうとした時、背後からダナの声が聞こえた。

「お嬢様ー！　お嬢様、お待ちください。あたしの勘違いでした……はぁ、はぁ」

ダナは息を切らしてエルネスタのところまでやってくると言った。

「奥様が来なすったかと思ったけど間違いでした。馬車はうちには停《と》まりませんでしたから。だから逃げなくてもいいんです……はぁ……あれ？　そのお方は？」

姉にロイを奪われることはとりあえずなくなったが、なぜアレクシスがやってきたのかはまだわからないまま、エルネスタはロイをしっかりと抱きしめた。

ダナが気を利かせてロイのお守りを買って出たので、エルネスタはアレクシスを納屋で迎えることとなった。ダナが「こんなみすぼらしいところで」といつも詫びている気持ちがよくわかった。一国の王子を招くような場所ではない。

＊　＊　＊

彼は納屋を見回し、しばらく絶句していた。

「申し訳ありません、母屋の方には人がおりますのでここで――」

「……どうしてここでこんな暮らしをしているんだい？　きみの父上が亡くなった頃、ちょうど私の兄の容態も悪くなったのでリルーシュ書店に行くことができず、不義理をしてしまった。そして落ち着いてから店に行ったら、書店は閉まっているし――」

アレクシスがその時少し言葉を詰まらせ、エルネスタははっとした。

店に行ったとは、あの夜のことだろうか。アレクシスは続けた。

「いや、正確に言うと書店はまだあったが、きみはいなくなっていた。人づてに、男爵家の姉上のところに行ったと聞いたが、使いをやってもきみの行方がわからなかった」

「姉のところに行かれたのですか？」

「私ではなく代理人がね。すると、先方はきみは親戚の婦人と旅行に行っていると言ったそうだが、行き先も帰る予定も教えてはもらえなかった」

彼が自分を探してくれていたことは嬉しいが、姉がひた隠しにするのも無理はない。

「先日、わたしが売った暦を見て作り手を探しに来られた人がいたようですが、もしかして、アレクシス様が……？」

「そう。リルーシュ書店のサインが入った暦を、常連客のひとりが見つけて教えてくれたんだ。そしてロバを引いた行商人から情報を得てようやくここを突き止めたというわけだ……みんな閉店を惜しんでいる」

「姉がどうしても家賃がかかって割に合わないからと見限ってしまったんです」

「そうだね。きみがいなくなってしばらくそのままになっていたが、家賃を滞納していたので本を売却することになったそうだよ。なにしろあれだけの蔵書を持つだけあって面積も広いし、放置すればするほど借金が増えるわけだ」

「もうあの店はないのですね……」

姉の手紙でわかってはいたが、男爵家から遠いリルーシュ書店のことだから、まだ売却手続きが完了していないのでは、とわずかな期待を持っていたのだ。

自分が生まれ育った場所がなくなるのは心に穴が空いたような心地だ。

憔悴《しょうすい》したエルネスタを見やって、アレクシスが言った。

「そこで、私たちにできることはないかと考えた結果、常連客の有志が出資して、その店を買い戻すことにしたんだ。お父上の店は大丈夫だから安心してほしい」

「まあ……お客様のみなさんが……？　ありがとうございます！」

「私たちにとってあの店はかけがえのない大切なものだったということだよ。しかし、店主をどうしようという話になってね」

エルネスタの胸に、かすかな明るい予感が生まれた。

しかし、なんだか奇妙だと思う。いくら愛好していたとはいえ、町の小さな書店ひとつのことで、王子殿下がわざわざ訪ねてくるなんて。

「みんなが、エルネスタに戻ってほしいと言っている。きみのご家族を悪《あ》し様《ざま》に言ってはいけないが、心からあの書店を愛している人物でなければ任せられないと。それにはきみがいちばん適任だろう？」

「そうですね、わたしはあの店で育ちましたので……」

「ただ――」

そこでアレクシスが言葉を切った。それから少し間をおいて、言いにくそうに聞いた。

「……もしも姉上のところできみに縁談などあって、戻るのが不可能ということなら仕方ないが……きみは今、どうしてここにいるんだ？」

　エルネスタはどう答えていいかわからなかった。

　あなたの子どもを身ごもり、産み育てるためにここにいるなんてとても言えない。

　そもそも、彼はあの晩のことをどう思っているのだろうか。薬で酩酊《めいてい》していて覚えてすらいないかもしれない。そうでなければ、何事もなかったように話せるはずがないと思う。

「わたしは……あのう……」

「もしかしてもう結婚している？　さっき赤ん坊を抱いていたね」

「いえ、わたしはまだ独り身です、殿下」

　エルネスタはそう答えながらも、この後どう言おうかと戸惑ってしまった。彼はしばらくこちらを見つめていたが、エルネスタが言葉を濁していたので焦《じ》れたようにこう言った。

「そう。事情はわからないけど、ここで困窮しているというのなら、来てくれないか？」

「あの店にですか？」

　エルネスタは二つ返事で承諾したかった。

　懐かしいあの家に戻りたい。

　父は娘ひとりで経営は無理だと言ったし、あの頃のエルネスタもそう思っていた。

　だが、ロイと一緒にいられるなら、そしてロイを養うためなら必死で働く。

そういう気概があればきっと、細々とでも商いをして生活していける。

それも憧れの人の近くで――。帰りたい！

でも、ロイのことはなんと説明すればいいのだろう。

知らない土地なら自分は未亡人だと言えばいいが、顔見知りばかりの町でごまかせるとはとても思えない。

エルネスタが返事をできないでいると、突然納屋の入り口からダナが入ってきた。

「お嬢様、いい話じゃないですか！　あ、今聞こえちゃったんですけど」

「……でも、その子が……」

赤子を目で示して、エルネスタが口ごもると、ダナはその利発そうな瞳でこちらをきっと見据えた。ダナはその眼差しで、こう言っているように見えた。

――お嬢様、あたしに任せてください！

「その子は？」とアレクシスが言った。

すると、ダナが答えた。

「あたしの子です！　あたし、男爵様のところでメイドをしていたんですけど、そこの下男の子を身ごもってしまって男爵家をお払い箱になっちゃったんです」

「……ダナ？」

何を言うの、と口に出しかけたエルネスタを制して、彼女は続けた。

「お嬢様はおやさしい方で、あたしに同情してくださって、こんなところまで時々様子を見にきてお恵みもくださり……今だってもう男爵家にお帰りになろうというのをあたしがお引き留めしてるんです」

エルネスタは、ダナの真意を理解した。

彼女はロイを自分の子と偽ってエルネスタをかばってくれているらしい。

「お嬢様が王都に行っておしまいになったらここには来てくださらなくなります。そうしたらあたしにはもう救いの手がありません。どうか、ご一緒させてください。そのお店で働かせていただけるなら、あたしは子連れだって人並み以上にお役に立ってみせます、どうかお願いします。あたしとこの子を一緒に連れていってください、お嬢様！　あたしはここでこんな隠れてばかりの暮らしはもういやなんです」

なんて罪深い嘘をつかせてしまっているのだろうと思ったが、エルネスタにとっても、我が子と一緒にいられる道はそれしかないと悟った。

「なるほど、そういうことだったのか」

アレクシスは心なしか安堵した表情になり、同情のこもった目でダナを見ている。

彼はすっかり信じたようだ。

ダナの作り話には説得力があった。貴族の家では使用人どうしの恋愛を禁じていることが多く、それが発覚したら解雇されてもなんら不思議ではないし、田舎なら尚さら、人の干渉も非難も厳しい。納屋暮らしをさせられて外出もはばかられるということもあるだろう。

彼は今度はエルネスタに、返事を促すかのように視線を移した。

「……わかったわ、ダナ」

命に代えてもロイを守ると決意して産み育ててきた。嘘ぐらい何なのだ。それで引き裂かれずに済むなら、ダナの作戦に乗ろうと思った。

今にも姉の手がエルネスタの背中に届きそうで、いつロイを奪われるかしれないのだ。

エルネスタはアレクシスを見上げて言った。

「こういった状況でよろしければ、父の店をどうか、わたしに継がせてください」

「もちろん、きみの店だからきみの差配で自由にしてくれていい。それに女性がひとりで暮らすより誰かいたほうが心強いし、助手も必要だ」

こうして話が決まると、エルネスタとダナは夜逃げでもするような勢いで荷物をまとめ、村を下りたのだった。

第三章

——ようやく帰ってきた。

リルーシュ書店は看板もそのままで、カーテンも棚の中身もほぼ変わっていなかった。

「へええ、ここがお嬢様の産まれた家ですか」

ダナは物珍しそうに店内を見回している。

「ええ、ほとんど前のままだわ」

気づいたところでは、父の刷った小冊子が何冊かと、画家のジャン・ミカルが気に入っていた画集や常連客の愛読書がなくなっていたので、彼らはがっかりするかもしれない。

ありがたいことに、家具や調度も全て元のまま存在していた。

「アレクシス様のおかげで本が投げ売りされなくてすんだわ」

しかも、建物の管理人が時々風だけは通しておいてくれたので、カビも生えていない。お礼かたがた滞納した家賃について尋ねてみたが、もう精算はすんでいるということだった。常連たちが協力して立て替えてくれたのだろう。

入り口付近にあるカウンターには側面に売り上げや貸本の書付の紙が束になってぶら下げられていて、父は生前その台に寄りかかってお客さんの話を聞いていたものだ。

常連客は人によってひと月から一年単位で契約し、期間中は好きな時にやってきて好きなだけ本を借りたりその場で読んだりする。だが店の外側で立ち読みする貧乏学生に対しては、父は寛容にも「知性の施《ほどこ》し」と言って見逃していた。

古い紙やインクや革の匂い――どれも懐かしい。

踏み台を見て、初めてアレクシスに抱きかかえられた甘酸っぱい思い出に浸り、書棚と書棚の間の細い通路で彼が耳元で囁いたことを思い出す。

それから、アレクシスの特別席には彼が王室から持参した錦織のクッションが置かれている。

エルネスタはいつもアレクシスの後ろ姿ばかり見ていた。

彼は他の常連客に会釈はするけれど、目も合わせないので相当な気難し屋と思われていた。

エルネスタにはその理由がなんとなくわかる。

彼の虹彩は、王家代々受け継がれている特殊な色と光を持っているので、軽々しく人に見せないようにしていたのだ。彼はこの書店では、できる限り王家のイメージからも解放されたかったらしく、読書しているからということもあるが、いつも伏し目がちなのだった。

エルネスタはその至宝を見るために、全力でお茶の準備をしたものだ。神々しく美しいあの瞳を見た日は終日幸せな気分だし、うきうきした余韻は何日も続く。

ロイの目ももちろん愛らしいが、アレクシスの瞳よりは少し淡い青色をしている。

市井の民の血が混じったからなのだろう。

髪もアレクシスより明るいブロンドだ。成長すると変わることがあるからいずれは彼にそっくりなアッシュブロンドになるかもしれない。

とにかく、この子は人目につかないようにしなくては、エルネスタは気を引き締めた。

「それにしてもすごいです！　……都会にはこんなに本がたくさんあるんですねえ」

ダナが嬉々《きき》として書棚の間を巡っている。

「本屋っていっても、大半は貸本屋業なのよ。一年契約の人もいれば一か月ごとの人もいて、その期間中は好きなだけ本を読んでいただくの」

「へええ、それじゃあ毎日お金が入るってわけじゃないんですか」

「だから暦や祈りの本を刷って売っていたのよ。お父さんとわたしが作ってね。小説や詩集は取次屋や行商から買うけど、今はロイが小さいからあまり動けないし、しばらくは貸本業を中心にしていくつもりなの」

有志たちが買い戻したということは、彼らに負債を作ったということでもある。姉とは実質、絶縁状態にあるので相談できないのだが。

「なるほど……どうして奥様は経営をやめてしまわれたんですか」

「きっと、予想していたより利益がなかったからでしょうね」

「はあ……じゃあ屋台で暦だけ売ったらいいようなもんですね」

ダナの断言にエルネスタも噴き出した。彼女といると、深刻に悩んでいたことが笑い飛ばされていくようで、エルネスタの心の重荷も軽くなる気がする。

「さ、ロイの寝床を作ったら店をお掃除するわ。一階が店で、二階はわたしたちの住まいよ。でも、昼間もロイからは目が離せないから奥の物置部屋を片付けて、そこにロイを寝かせることにしましょう」

「はい。もしもむずかるようならあたしが二階で坊ちゃんのお世話をします」

「お願いね。……それから、坊ちゃんなんて言ったらおかしいわよ、ダナ」

「あっ、そうでした！　これから気をつけなくちゃ」

「……でも、本当にそんな嘘を言っても大丈夫？　男爵家のメイドに戻らなくてもよかったの？」

こんなことを訊くのも今更だが、ダナは全くの潔白であり、純潔な娘だ。それなのに下男の子を身ごもって追い出されたなどという不名誉な醜聞をなすりつけることになる。

「いいんですよ！　男爵様はケチだから一人でも使用人を減らしたがってました。奥様も苦労なさっていると思います」

エルネスタもわずかの間にそれは感じていた。

「それにあたしは一度でいいから都会に来たかったんです。あたしは珍しいものや新しいものが大好きなんです。ここに来たら田舎では見たことのないものがいっぱいあると思うとわくわくします。それに、お嬢様はロイ坊ちゃんと一緒にいたいんですし、二人にとっていいことづくめです。坊ちゃんのことはおいおい考えていけばいいですよ、まだ何もわからないんで、わかるようになる頃までに……つまり、その」

「ロイの父親に対面させるとか、そういうこと？」

「はい……お考えじゃないんですか？　お客さんとして来たりしないんですか？」

「……まだわからないわ。お客様としてはいらっしゃるかもしれないわね」

実際は、父子とは知らずに既に対面しているが、アレクシスはロイの顔をじっと見たわけではないし、本当にダナの子だと信じている様子だった。

今のところ、ダナもアレクシスが父親だとは気づいていないらしい。

薄氷を踏むような気持ではある。

「どんな暮らしが始まるのかしら」

エルネスタは呟《つぶや》いた。

前と全く同じではないが、穏やかな日々が長く続くことを祈っていた。

＊　＊　＊

エルネスタが乳飲み子を抱いていたという報告を聞いた時、アレクシスは正直なところ、ある種の衝撃を受けていた。

二年前、彼とエルネスタは心が通じていると思っていた。少なくともこちらは好意を抱いているし、彼女も嫌がってはいなかったと思う。

しかし、突然彼女はいなくなってしまった。

長年癒しを与えてくれていたあの店の主は病んでこの世を去り、今は本だけはそのままだろうが、魂のないただの器のようなものになってしまったのだ。

失って改めて、リルーシュ書店とエルネスタの存在の大きさを思い知った。

アレクシスが多感な少年だった頃、彼は屈辱的な事件があって傷ついていた。

そんな時に聴聞司祭に連れられてやってきたのがリルーシュ書店だ。

小さな書店でひそりと暮らす父と娘はなんだかミステリアスだったし、自分をそっとしておいてくれたので思いのほか居心地がよかった。

宮廷の香水のきつい女たちよりも、ほのかなすみれの匂いのする素朴なエルネスタの魅力も相まって、アレクシスは彼女にどんどん惹《ひ》かれていく。

彼女の手の届かない本は自分が取ってやったし、彼女の父親が病めば侍医を遣わした。

泣きじゃくる彼女を抱きしめ、キスをした時に、彼は自分の気持ちが本物だと気づいた。

しかし、あの後、公務の大半をアレクシスが請け負うことになったため、書店に行く時間が全く取れなくなってしまった。

彼女の側にいちばん寄り添っていなければならない時だというのに――。

芽生えかけた恋を失ったのは自分のせいだ。

リルーシュ書店は放置され、その後のエルネスタの消息は知れない。

アレクシスは彼女を探した。

せめて彼女が幸せに暮らしているかどうかを確かめたかったのだ。

姉の嫁いでいる男爵家にいるはずが、そこにはいないと言われた。

結局行先はわからないまま、調査を続けさせたところ、偶然、書店の常連客が見つけた暦の出どころから、メイドの実家の寒村にたどりついたのだ。

彼女を見失ってから二年近くになる。

『メイドだったという若い女は、書店の娘については何も知らないと言っておりましたが、帰りに裏口を窺《うかが》い見たところ、納屋の前で黒髪の二十歳ぐらいの女性が赤ん坊を抱いていました。エルネスタという女性によく似ていました』

従者の報告が正しければ、エルネスタは寒村で結婚して子どもを産んだということだろうか。

それを聞いたアレクシスの落胆は相当なもので、しばらく公務も手につかないほどだった。

実家の姉も、隠し立てせず知らせてくれればいいのにと裏切られたような気持ちになる一方、彼女がひとりになった時に駆けつけることができなかったのだから当然の罰だとも思う。

そうだ、彼女が結婚しているのであれば祝福し、潔く身を引くべきだ。

だが、どうしても確かめなくてはいけないことがひとつだけある。

だから彼女を探し続けた。

それはあの奇妙な夜のことだ。


エルネスタの父親が亡くなったのと同じ頃、兄であるフランク王太子が難病に罹《かか》り、何日かの間人事不省に陥った。

当時の筆頭主治医の薬では効果が思わしくなく、助手だった若い医師の見立てが効いてどうにか持ち直したが、兄の病は王家にさまざまな波紋を投げかけた。兄の公務がアレクシスに振り分けられて多忙になっただけではない。

王自ら、数年ぶりにアレクシスの館に赴《おもむ》いてくるという珍事があった。

「アレクシス、おまえは信仰の道へと進むつもりか」

「もちろんです、父上。世継ぎでない男の宿命ですよ。王室の平和のためにも」

彼が若干の皮肉をこめてそう答えると、国王は言った。

「ふん、まあそう言うと思った。その様子では女遊びもしておらぬのだろう。足繁《あししげ》く町へ繰り出していると聞いてはいるが花街に通うこともしていないそうだな」

大量の公務を押しつけておいてよく言うものだ。

「何をおっしゃりたいのですか、父上」

「フランクがあの状態なので、おまえの結婚を早急に決めなくてはならなくなった。相手については取り急ぎ検討するが、今、気に入った娘がいれば囲ってもよい。何人でもかまわんぞ。王家を断絶させるわけにはいかんからな」

まるで犬や猫のように、どこでも子種をばらまいてこいというような物言いには、アレクシスは腹が立った。そんな挑発には絶対に乗らないつもりだった。

だが、まさかあんな手を使われるなんて――。

あの夜、眠りにつく前にハーブティーを飲んだが、いつもと味が少し違っていた。茶葉の産地が変わったのだろうと思っていたが、夜着に着替えようとベッドまで歩く数歩の間に、体に異変を感じるようになった。

動悸《どうき》が激しくなり、汗が出て顔がほてる。体の奥からもやもやと不快な感覚に見舞われ、陶酔感もあった。

病による発熱というには急激な変化だったから、飲み物に酒か薬物が混入したのだと思った。

「誰か」

アレクシスは医師を呼ぶつもりだったが、足音もなくやってきたのは女だった。

艶《なま》めかしく透けたレースの夜着にガウンをまとっていた。足は布靴を履いてはいたが、膝や脛などは生肌がむき出しのままだった。

顔にはヴェールをかけて隠していたので、彼女が誰なのか知らない。

女はものも言わず、アレクシスに近づいてきた。

そして彼の腕になよやかな手を伸ばして触れた時、アレクシスは異変の正体が何なのかわかった。性的興奮だ。女はアレクシスを誘惑しているように見えた。

女からは微《かす》かに香水が匂った。貴婦人が使うような高雅な香りだ。

父王の差し金なのかもしれない。もしそうだとすれば、彼女は王太子の健康を不安視する誰かの手によってアレクシスにささげられた生贄《いけにえ》だ。受け入れて味わえばいいのだ、という血迷った考えが一瞬頭を過《よぎ》った。

いや、頭ではなく肉体がそう望んだのだが、心は猛烈に抗った。

今や体の芯が勃ち上がって硬直して獣のように女を欲しがっているのに、理性が反発し、心と体が分裂してしまうような気がした。

女はしなだれかかってきた。

アレクシスは体に渇きを覚え、その腕を掴んだが、そのままベッドへ引きずり込むことはしなかった。

「触るな！」

彼は朦朧《もうろう》とした自分を目覚めさせるために厳しい声で言ったつもりだが、呂律《ろれつ》もあやしいありさまだった。

女の手が彼の腕に絡みついてくる感覚がおぞましく思えた。

それは理性というよりは、感情だったかもしれない。

名も知らない女と同衾《どうきん》するのはどうしても嫌だった。

いや、もし知っている女だったとしても、尚さら許せない。

自分の意志でもないのに、体だけが盛《さか》って交合するなんてありえない。

アレクシスは女を突き飛ばして寝室を出た。

よろめく足取りで夜の王宮から逃れた。

どこをどう歩いたか覚えていないが、彼が逃げ込む場所は決まっていたのだ。

気がつくとリルーシュ書店の前にいた。

店は閉まっていたが、灯《あか》りが見える。

彼は扉を叩いた。辛い時はいつもそこへ飛び込めばよかった。

そうすれば、知識と歴史の匂いのする深淵《しんえん》な隠れ家が待っていてくれて、心を洗い、癒してくれるはずだ。

そして――。


その後の記憶は曖昧だ。

エルネスタが迎えてくれたような記憶はあるが、現実なのか夢なのかわからない。

その夜はそこで過ごしたらしいが、かなり体も参っていて――衰弱していたわけではなく、薬物によって無理やり熾《おこ》された劣情とそれに抗う心の戦いでへとへとになっていた。

――私はあの時、何をした……？


アレクシスは表情を曇らせた。

自分が欲情した肉体を完全に制御できたかどうか、確信が持てない。

頭の中では、エルネスタを抱いていた記憶があるが、幻惑していた間に見た夢という気もするのだ。

明け方、寒さに目覚めた時には、アレクシスの肉欲はすっかりなりをひそめていたし、何度か声をかけたが書店には誰もいなかった。

結局、あれは媚薬か何かを盛られた末に見た夢だったと思う。

エルネスタはもうとうに姉の嫁ぎ先に身を寄せていて、アレクシスだけが宿主のいない書店でひとりのたうち回っていたのだ、滑稽《こっけい》にも。

そうでなければいけない。

そうでなければ――自分は最低な行いをしたことになる。

それを確かめるために彼女を探したのに、会ってみたら臆病風に吹かれて訊けなかった。

彼女の反応からそれを憶測することしかできない。

久しぶりに見た彼女はどうだったたか。

彼女は昔のままおとなしく物静かな、聖女のようなたたずまいだった。

もしも自分が彼女に乱暴をしたとしたら、彼女はそんな穏やかな表情でいるだろうか。どんなに平静を装ったとしても、嫌悪感や恐怖心は覗《のぞ》いてしまうはずだ。

姉一家の元ではなく寒村で暮らしていたことは奇妙だが、メイドの説明を聞いて納得した。調査した家臣の報告によれば、男爵夫妻はよそよそしい態度だったというから、あるいは姉の夫に邪険にされて居づらかったのかもしれない。

この二年弱で彼女に何が起こったのか、ゆっくり訊いていけばいい。

彼女は元どおりになったあのリルーシュ書店で迎えてくれるのだから。

＊　＊　＊

店内や居室を掃除して人心地がつくと、エルネスタは静かに店を再開した。

自分の境遇が後ろ暗いこともあって大々的には宣伝しなかったのに、懐かしい人たちが集まって祝ってくれた。

「やはりここはいいね。魂の避難所だけのことはある」

金髪の優男がそう言うと、神父が口を挟んだ。

「それは私がいつも言っている言葉ですよ」

そこで笑い声が起こると、その中に父の声も混じっているような錯覚に陥った。

アレクシス王子は他の客と少し距離を置いて、彼だけのテリトリーに昔のように座っていた。

あれから随分時が経《た》ってしまったけれど、やはり彼がそこにいるだけでエルネスタの胸はときめき、甘い感傷に誘われる。

「みなさん、本当にありがとうございました。父のようにやれるかどうかはわかりませんけれど、ここはわたしの大切な場所でもあります。どうかよろしくお願いします」

エルネスタが挨拶をすると、別の客が唸《うな》るように言った。

「いつもお父さんの陰に隠れていたエルネスタが、立派になったものだ」

「おや、あの女の子は？」

エルネスタに代わってお茶を運んできたダナに最初に関心を持ったのは、画家のジャン・ミカルだった。

「お手伝いです。ひとりでは何かと不便なので姉の家から一緒に来てもらいました」

「へえ、見事な赤毛だね。名前はなんて？　僕の絵のモデルにならないか？」

ジャンは金髪碧眼《へきがん》で人当たりも柔らかく、たいそう女性に人気があるという話なので、ダナがからかわれないように気をつけなくてはならない。ただ、彼はこの店ではマナーを守っていて、純粋に画集や建築学の本を熱心に眺めていることが多いし、女を連れ込んで馴《な》れ馴《な》れしい態度をとるなどということもなかった。

ダナのほうも彼に興味を持ったらしく、数秒ではあったが、ジャンの顔を食い入るように見ている。

確かに彼女の郷里にはこういう華やかな男性は珍しいから、好奇心を持つのも無理はないだろう――後からわかったことだが、実は彼女はロイに似た男がメンバーの中にいないか注視していたのだ。

「ダナ、お茶をお配りしたら奥へ行ってお湯を足しておいてね」

エルネスタが彼女を遠ざけようとそう言ったがやぶ蛇だった。ジャンが呟く。

「ふむふむ、名前はダナ……。年は十六か七ってとこ？」

「おやめなさい、いきなり失敬ですぞ。自己紹介もせずに」と別の客が彼をたしなめた。するとポルカ神父がとりなすように言った。

「私が紹介しよう。この若者がエルネスタのお父さんから『知性の施し』を受けていたもっと若造の頃からのつきあいですからな。ジャンは画家ですよ、売れないけれども」

「神父さん、ひどいなあ。僕は嘘が描けないから売れないだけだよ。本質を描くんだ」

「本質とは？」

「昔、僕が子どもの頃の話さ。僕は山の麓《ふもと》で昼寝していた猪《いのしし》をスケッチした。それを通りすがりの猟師に見せたら、彼は僕の絵を見て言ったんだ。その猪は死んでいるとね。違うよ、寝ていたんだよと言いはしたものの、二人で猪のいたところまで戻ると――」

「猪はいたんですか？」

と、ダナが身を乗り出した。

「いた。猟師が正しかった」

「ということは……」

「僕は寝ていると思って描いた猪だが、実は死んでいて、猟師はそれを言い当てた。僕は真実を知らなかったにも関わらず死を表現した。つまり本質を描いたということさ」

「それねえ、わしは何度も忠告しておるが、きみは本質を描きすぎるからいかんのだよ。人は本質ではなく理想を見たいのさ」

エルネスタは前にもそのやりとりを聞いたことがあった。

こうしてここのお客たちはそれぞれジャンル違いの世界に住んでいながら等しく「本質」について語ったりするのだ。

詩人がいれば、たちまち朗読会が始まり、詩の分析から著者の人生観についての激しい議論が繰り広げられるし、音楽家がいる時はカンツォーネが響き渡る。

文化人の高尚な冗談が飛び交うこの場所を、小さなサロンと呼ぶ人もいる。

エルネスタはそんな空気を吸って育ってきた。

「……つまり赤毛は美しいがそれだけが目当てじゃない。ダナ、僕にどうか、きみの本質を描かせてくれないか」

ジャンは懲りずにまだダナに執着している。

「じゃあ自画像をお描きになったら？　あたしがジャンさん、でしたっけ？　その本質を見極めてあげますよ」とダナが返す。彼女の切り返しの早さはなかなかのものだ。

「おお、これは手ごわい。ますます気に入ったよ。まあ長いつきあいになるだろうからゆっくり口説いていくさ」

そんなことをうそぶくジャンは全く油断ならないが、彼も父の店を維持するのに一役買ってくれたのだと思うと無下にはできない。

エルネスタはお客に向かって深々と頭を下げた。

「みなさんには何年かかってもお返ししたいと思っています」

「え？　なんのこと？」

「あの……出資してくださったと――」

エルネスタがそう言うと、客たちは顔を見合わせて奇妙な表情をした。

「いや……出資っていうほどのものじゃないよ、僕は画集を一冊買っ――」

そこでアレクシスが咳払《せきばら》いをした。

彼は少し奥まった席にいたのだが、ゆっくり立ち上がるとカウンターのほうに歩いてきた。

「王子殿下のお出ましだ」

画家がからかうように言うと、アレクシスが不機嫌な顔になった。

「ジャン、余計な事は言わないでいい」

それでなんとなく座が白けてしまい、エルネスタは焦った。

ダナなら気まずい空気を変えることができるだろうが、今はお茶を淹れにいっている。

父ならこういう時どうしていただろうと思い返したが、結局、妙案も出ないままおろおろするばかりだ。

こんなことではやっていけないと思った時、奥の作業部屋から赤ん坊の泣き声が聞こえた。

――ロイが泣いてる。

お腹が空いたのか、それともオムツが濡れたのかもしれない。

「申し訳ございません。少しお待ちください」

エルネスタは客に詫び、席を外した。

「おや、赤ん坊がいるの？　誰の子だ？」

ロイのところへ行こうとするエルネスタの後から、ジャンがついてくる。

その時、奥の部屋から出てきたダナが彼を遮ってこう言った。

「あたしの子です。騒がしいかもしれませんが、あんまり泣《な》き止《や》まないようでしたら二階に連れていきますから、どうか、どうかご勘弁くださいまし、旦那様方」

「へええ、きみ、結婚していたの？」

ジャンがいささかがっかりした顔で言った。

「はい、そうでございますよ。ま、ちょっと事情あって離れて暮らしてますけど。本当にすみません、お客様。読書のお邪魔をしてしまいました代わりに、熱くておいしいお茶をもう一杯ご馳走《ちそう》させていただきますね」

そう言ってダナは奥に引っ込んだ。

これでひと安心かと思ったが、ロイはまだ泣き止まない。その声を聞いただけでエルネスタの胸が張って痛くなってくる。

「お嬢様あ、ちょっとすみません」

ダナが閉口して助けを求めている。環境が変わったせいか、ロイはここに来てから時々癇癪《かんしやく》を起こすのだ。泣き声はますます激しくなった。

「あ、あの……」

「行っておあげなさい、私たちのことは気にしなくていいから」

ポルカ神父のその言葉に甘えてエルネスタはロイを寝かせている部屋に入った。

「すみません、お嬢様。ロイちゃん、お腹が空いてるみたいですけど、お粥《かゆ》がまだ間に合わなくて」

「そうだと思ったわ。お客様は見てきてやれとおっしゃってるけど」

「じゃあ、あたしがお茶をお出ししてきますからロイちゃんをお願いします」

ダナはそう言うと、勢いよく店に飛び出していった。

「すみません、お嬢様にいっつもかわいがっていただいていたからすっかりなついちまってぇ。今ではあたしよりお嬢様のほうがよっぽど抱っこが上手なんだがらー」

ロイに乳を含ませると泣き声が止《や》んで、ダナと客のやりとりが聞こえてきた。彼女が田舎訛《なま》りで大げさに話しているのを面白がっているらしく、笑い声が上がっていた。

ダナに来てもらって本当に助かった。彼女はいつでも元気だが、ここにきていっそう快活で楽しそうだ。

夕方になって常連客が帰り、最後にアレクシスだけが残った。

「申し訳ありません、いろいろと不手際が多くて」

「無理しなくていいんだよ。この店が存続して、かつての店主の娘のきみがいることが大事なんだから」

「わたしは不器用で、ダナに頼りっぱなしです」

「明るくて面白い子だね。ジャンが彼女をたいそう気に入ったみたいだ。人妻と聞いたからにはあきらめるだろうけど……きみはダナの夫を知っているんだよね？　彼女の家で話した時、赤ん坊の父親はきみの姉上の家の下男だと言っていた」

「えっ」

エルネスタは予想外の質問に慌てた。男爵家の下男の顔を思い出そうとしたが、そんなことにはなんの意味もない。

「いや、別にいいけど、なんとかして一緒に呼んでやれたらいいね」

「ええと——行方がわからなくて。赤ん坊にとって父親が一緒にいたほうがいいと思われますか……やっぱり」

「まあ……極悪非道な人間でないなら彼女も恋しいだろうと思っただけだ、気にしないでくれ。それから、ひとついいだろうか——その……」

そう言って、アレクシスはためらうように口ごもった。

エルネスタはドキドキしながら身構えた。

「二年近く前のことだからもう覚えていないかもしれないけど、きみがここを発《た》ったのはいつだった？　詳しい日付を知りたい」

「詳しい……日付ですか……？」

「そう、実は私はある晩、酩酊状態でここに来たらしいんだが、店は確かに開いていたのに留守だったのは奇妙だなと思って」

エルネスタの心臓が跳ねた。

――あの晩のことだ。殿下は覚えていらっしゃった？

かっと耳に血が上る。顔に出すまいと思ってもこれは無理だ。

彼はどこまで覚えているのだろう。

「殿下がいらっしゃったのはいつでしたか？」

エルネスタが問い返すと、彼ははっきりと言った。

「九月の下旬の――聖ダミアンの日だった」

エルネスタは一瞬目を閉じた。あの日だ。

どう答えたらいいのだろう。正直に言うべきか、むしろ打ち明けるチャンスは今しかないのかもしれない。今言わなければ二度と言えなくなる。

――でも言ったらどうなるの？

商家の娘が勝手に王子の子を産んだことをなじられたりしないだろうか。

逆に、王家の血を引く子どもだからと奪われてしまわないだろうか。

それに、アレクシスが自分のしたことを激しく後悔してうちひしがれたらと思うと、それがいちばん怖い。

エルネスタは彼から宝物をもらったのだと思っているのだから。

結局、打ち明けたらどうなるかと考えると悪い想像しか浮かんでこないのだった。

「……よく覚えていませんが、もっと早くにここを出たような気がします」

エルネスタがそう答えると、アレクシスの顔にははっきりと安堵の色が浮かんだ。

彼はほっとしている。

おそらく、あの一夜の交わりが酩酊の末の悪夢だったと判明して安心したのだ。

エルネスタはそれがわかると迷いが消え、その後はさらさらと嘘を言うことができた。

「ああ、確かそうです。間違いありません。毎年、聖ダミアンの日になると、子どもたちが『悪魔退散』と唱えてヤブイチゴを刈りますでしょう？　十月になると悪魔がヤブイチゴに毒を塗るなんていう迷信がありますので、月末までそれが続く習わしです。でもあの年は、わたしはその声を聞いていませんでしたから」

「そう……か。なるほど、ありがとう。いや、いいんだ。気にしないでくれ」

こうして晴れ晴れとした表情のアレクシスを見ると、やはりロイは祝福されない子なのだと思い、エルネスタはたまらなく我が子が不憫《ふびん》になってきた。

「こんなによくしていただいて、本当にありがとうございました」

落胆を隠して、彼女はアレクシスに別れを告げた。

＊　＊　＊

その後は毎日のように常連客が来て賑《にぎ》わしていき、アレクシス王子も短時間ながら店を覗いてくれた。ロイは時々むずかるので、どうしても客の関心を引いてしまう。

とりわけ、ポルカ神父が赤子を見たいと繰り返すので、根負けしてお披露目《ひろめ》することになった。ダナがロイを抱いて店に出てくると、まずは赤子をリルーシュ書店のメンバーとして承認すると冗談を言う人もいたが、父親について想像する人もいただろう。

驚いたのは、ロイを見た面々がいっせいに画家のジャンに視線を投げたことだ。

「えっ、僕は違うよ。断じてこの子の父親ではない！　だって逆算してごらんよ、ダナはそのころ男爵家にいて、僕はずっとこちらにいたじゃないか。片道三日以上かかるし、そもそも知り合ってもいない」

エルネスタにはもちろんそれが本当だとわかっているが、当のダナですらあやしいと思っている節がある。ロイの髪や瞳の色は、アレクシスよりも、ジャンに近かった。

ダナがこっそりエルネスタに目配せをして、真実はどうかと問いかけてきたので、彼女はきっぱりと首を横に振った。

「幼子はいいものですなあ。汚れを知らない無垢《むく》な魂です」

神父がそう言うと、ジャンが言い返した。

「さあどうだか、罪を背負って生まれたかもしれませんよ」

正式な結婚をして儲《もう》けた子どもではないという意味だろう。

エルネスタは思わず二人から目を逸《そ》らした。

ポルカ神父はロイの将来を気にかけてくれているのだ。アレクシスも言ったように、男爵家から追放された下男を探して、ダナと結婚させようと考えているかもしれない。


そんな話が出るたびに、ダナは口惜しそうに後でこう言うのだった。

「失敗しましたねえ、お嬢様。亭主は死んだって言うべきでしたね。とりあえず行方知れずってことにしておきます。でも本当にジャン・ミカルさんじゃないんですね」

「ええ……嘘をつかせてごめんね、ダナ」

「いいんですよ！　あたしはここの暮らしが楽しいんですから」

「とにかく、これからはできるだけロイを人目に晒さないようにしましょうね」

と二人で話し合ったのに、すぐに挫折した。

常連客は赤子の存在が嬉しいらしく、来店するとまずロイのご機嫌はいかがかと尋ねる。そうなると期待に応えないわけにはいかず、結局、奥の部屋から連れて顔見せをする。

ロイはまだお喋りはできないが、「だー」とか「んま、うま」などの喃語《なんご》を発しては客を喜ばせ、すぐに書店の人気者になった。

お客にかまってもらえるとロイも機嫌がいいので、ダナが抱いて店先に立つことも多かった。

通りすがりの客が買いやすいように、通りに面した売り台には冒険小説や恋愛小説、詩集を並べているのだが、その本を物色していた女性客もロイを見ては微笑んでくれる。

「お嬢様、あのお客さん、今日で三回目ですね」

ダナがそう耳打ちしながら視線で示したのは、外の売り台の前に立っている貴婦人だった。昔の客ではなく、ごく最近、見かけるようになった新規のお客だ。栗色《くりいろ》の髪をレースの帽子でまとめており、プリーツとフリルで華やかに飾ったボディスに優雅なドレスを着た彼女は宮廷にいてもおかしくないような気品がある。

彼女からはスウィートマジョラムだろうか、魅惑的な香りがした。

「あのお客さん、ファッションプレートを探していなさるんじゃないですか？」

と、ダナが言った。ファッションプレートというのは、流行のドレスの着装画《ちゃくそうが》のことで、女性客に人気なのだが、入荷してもすぐに売り切れてしまう。彼女がそれを探しているのだとしたら、三回も無駄足を踏ませてしまったことになる。

「取り置きしておいたらどうでしょうか、あのお客さんのために」

「そうねえ……聞いてみるわ」

ちょうどその時、ほかの客がひとりもいなかったので、エルネスタはロイを抱いたまま売り台のところまで歩いて会釈した。

「いらっしゃいませ。何かお探しですか？　もしもファッションプレートをお探しでしたら、今度入荷した時にお取り置きさせていただきますが」

すると、女性客ははっとしたようにこちらを見た。エルネスタとロイを交互に見つめながら、客は「そうね、……お願いしようかしら」と言った。

それからロイを少しあやし、「なんてかわいらしい赤ちゃんでしょう。あなたのお子さん？」と言った。

その時、路地の向こう側にアレクシスの馬車が見えた。

エルネスタが車窓の彼に会釈をすると、女性客はまた今度来ますと言って立ち去り、入れ違いになるようにアレクシスが到着した。

彼は店の入り口でふと立ち止まって、戸惑ったような表情をした。

「……今の女性は？」

アレクシスには女性の顔が見えなかったようで、その後ろ姿を見送るように凝視している。

「新しいお客様です。お名前もおっしゃいませんでしたけれど」

ふうん、と心ここにあらずな返事をしながら、彼はまだその女性の去った方向を見つめている。エルネスタはふと胸騒ぎを感じた。アレクシスの様子が、とても気になる女性を目で追っているといった風情だったからだ。

彼の甘く、美しい瞳が他の女性に向けられる――それはエルネスタにとっては初めて見るものでも、宮廷では当たり前に起こっている日常かもしれない。

彼女は、アレクシスが王室独特のブルーアイズを、これまでまるで自分だけに見せてくれた宝物のように思っていた愚かしさを痛感した。

「……お知り合いですか？」

これだけ言うのに、随分勇気が要った。

「いや。顔は見ていないし。でも香水が強いな」

アレクシスがようやくこちらに視線を戻したことに、エルネスタはなぜかほっとした。

どうしてこんなふうに心が揺れるのだろうと思い、次に自分を戒《いまし》める。

彼は遠い存在なのだから、彼が誰を気にしようが自分には関係ないのだ。

アレクシスから、その美しい瞳を向けられるだけで誰だって恋に落ちてしまうだろう。それはエルネスタにはどうしようもないことだし、彼の視線を封じることなんてできない。

悲しいけれど、仕方ないのだ。

その時、アレクシスがふと顔をほころばせて「おいで」と言った。

エルネスタはロイを彼の腕に預けた。

彼がおっかなびっくりロイを抱き、小さな子どもに泣かれなくてよかったという安堵の表情を浮かべているのを、エルネスタは微笑ましく見つめる。

「自分が子ども好きだとは思ってもみなかったけど、かわいいものだな。……『高い、高い』はどうだ?」

彼はロイの脇を用心深く支えて、ゆっくりと持ち上げた。ロイの目が輝き、笑顔がこぼれる。

「そうか、嬉しいか!」

アレクシスは自信を得たように、その動作を繰り返す。ロイは大喜びだ。キャッキャッとはしゃぐロイの声が愛らしくて涙が出そうになる。

神と自分しか知らない、父子の戯れを見て、胸がいっぱいだ。

『ロイはあなたの息子です』という言葉が喉元まで出かかっているが、言えない。
いつか天罰が下るのではないか、とエルネスタは不安になった。

第四章

半月ほど経った時、エルネスタは休みを取った。

つたないながらもなんとか店の運営に慣れてきたが、ロイの世話はダナにゆだねる部分が大きく、外で日光を浴びる時間も減ってしまったのだ。

だから店が軌道に乗ってきたのを機に、週に一度、定休日も設けてみた。

ちょうどロイを抱いて店を出ようとしていた時に王宮の馬車が止まった。

「どこかへ出かけるのかい？」

車窓から話しかけたのはアレクシスだ。

「うちの店にお越しでしたか？　申し訳ありません、今日はお休みなんです」

以前に休みについては伝えたはずだが、彼は店の扉の『本日休業』の貼り紙を見て落胆した表情になった。

「久しぶりにロイを日向《ひなた》で遊ばせてあげたくて――」

「そうか――いや、いいんだ。急に来た私が迂闊《うかつ》だったので、気にしないでくれ」

そう言われても、わざわざ足を運んでくれた王子殿下をこのまま帰すわけにはいかない。せめてお茶の一杯でもと考えた時、エルネスタはふと思いついた。

「あのう……もしよろしければ、ご一緒されます？　ダナも後から来ます。お茶とサンドイッチをご用意できますので」

こうして、アレクシスは馬車を降りてエルネスタと並んで歩きだした。

ロイは外歩きが嬉しいのか、エルネスタの腕の中ではしゃいで、足をピョンピョンさせながら小さな手をアレクシスのほうに伸ばした。

「ロイ、重いでしょう。そんなに暴れないで」

「おや、懸命に手を伸ばして……こっちに来たいのか、ロイ？　よし、私が抱いていこう」

「ああっ、申し訳ございません。ロイ、だめだったら」

エルネスタが恐縮して止めても、ロイはすっかりその気でアレクシスのほうへ身をよじっている。彼が以前、頭上に高く抱き上げて遊んでくれたことを覚えているのだろう。

「そうか、これがそんなに気に入ったか」

公園に着いても、アレクシスは進んでロイを遊んでくれていた。

弾けるような子どもの笑い声は、なんて平和で愛おしいのだろうと思う。

「メンバーの中でもすっかり人気者だぞ。ロイ、おまえはリルーシュ書店の次期店主かな」

芝生の上に腰を下ろして、ロイをその膝で遊ばせる姿はまるで父親そのものだ。

昼食と敷物を持って後からきたダナも、その様子を見て目を丸くしていた。

「あらまあ、王子殿下のお膝をちょうだいするなんて、お大臣様でもかなわぬことですよ」

などと軽口をたたくダナの大胆さには時々はらはらしてしまう。

しかし、王子に抱かれている我が子を見ると、エルネスタは姉になじられても、そして本当の父が誰か公表できないとしても、ロイを産んでよかったと思う。

二人ともたまらなく愛おしい存在だ。

＊　＊　＊

――子どもをかわいいと思うなんて自分でも意外だ。

そもそも、アレクシスの周辺にはこの年頃の子どもがいないので、それを味わう機会がなかっただけかもしれないが、自分になついてくる子どもには愛着がわく。

ダナが敷物を広げると、その上を這《は》い回り、呼ぶとこちらに来る。

つぶらな瞳に、薔薇《ばら》色の丸い頬、羽毛のような柔らかい髪から日向の匂いがする。抱っこすれば、アレクシスの袖の上腕の辺りに小さな手でしがみついている。こんな小さな存在でも落ちれば危ないと知っているかのように。それがまたいじらしい。

赤子の体というのは猫のようにしなやかで、時には自分の足を口元に持っていって、今にもしゃぶろうとする。ある時は、何が面白いのか自分の小さな両手を交互に見続けていたりと、こちらが見ていて飽きない。

ダナと下男との間にできた子であっても、貴賤《きせん》なく愛しいのが子どもということか。

しかし、不思議な点がいくつかないではない。

ダナがこの子を抱いている時は、まるで子守りが主人の子を扱っているように見えるのだ。

彼女が若すぎるからだろうが。

——主《あるじ》の子のお守り……か。

もしそうなら、エルネスタの子どもということになる。そんなことはありえない。

——いや、なくはないか。

彼女ももう大人だし、言い寄る男がいたとしてもおかしくない。

そう考えた時、アレクシスの胸が重苦しくなった。

彼女は姉の家にいると思っていたが、そうでないとわかってから随分探した。その間、彼女がどこで何をしていたかは謎のままだ。

　エルネスタは男爵家から様子を見に来てくれたのだとダナが言っていたが、メイドのためにそこまでするものだろうか。いや、心やさしいエルネスタのことだからわからないが。

「さあ、ロイ。もうお戻りなさい。殿下がお疲れになってしまうでしょう」

　そう言ってごく自然に赤ん坊を引き取って抱き直す彼女には全く違和感がない。

　店主が健在だった頃の彼女は、人見知りでおどおどした少女だったが、今はもう二十歳になっていることもあってしっとりと落ち着いた、穏やかな雰囲気をまとっている。

　そしていつも、聖女のような表情をロイに向けている、限りなくやさしい眼差しで。

「殿下、どうかなさいましたか？」

「いや……殿下はやめてくれ」

「あっ、申し訳ございません。アレクシス様」

　――もしもロイを産んだのがエルネスタだったら……？

　ふとそんな妄想を始めて、アレクシスは眉をひそめた。

　父親は誰だろう。

　ダナの子であれば、父がどんな風貌か知るよしもないが、エルネスタの子であれば彼女の交友範囲はごく狭いのではないか。

ロイの淡い金髪、淡いブルーの目……。

アレクシスはあらぬことを考えて首を振った。

彼の頭にジャン・ミカル・サンドバリの姿が浮かんだからだ。

彼は自称売れない画家で、女は彼を放っておかないが、店主に遠慮してかエルネスタを口説こうとしている様子は一度も見たことがなかった。だから、まさか――しかし。

いくら子どもの見目が似ているからといって……。

「ありえない」

と、つい口に出してしまったことに気づくと、エルネスタが驚いたようにこちらを見ていた。

「アレクシス様、なんとおっしゃいましたか？」

「いや、なんでもない」

陽光の暖かさに気が緩んで、奇妙な妄想をしてしまった。

アレクシスは慌ててそれを振り払う。

違う、ロイはダナの子であり、書店のみんなのアイドルだ。

誰もがかわいがっているじゃないか。

しかし、その妄想は以後も時折浮かんできて、しつこく主張するようになった。

実のところ、姉が早々に見捨てたらしい父の店が、有志の客に対していくら負債を抱えているのか、誰に訊いてもはっきりとは答えてくれない。彼女が店を閉めていたおよそ二年分の家賃にしてもかなりのものだが、それ以外に借金があるわけではなく、エルネスタの気が遠くなるような金額ではないらしい。

＊　＊　＊

負債を返すどころか、常連客が改めて一年分、半年分と契約金を入れてくれるのが申し訳ないが、当面の生活費もおぼつかないエルネスタにはありがたかった。

いずれにしてもいつか返済するのだと決めて、空いた時間にまた小冊子を作ることにした。

ロイを寝かせている部屋で作業すれば、目が行き届くし、ロイも寂しくないだろう。

「あたし、色を塗ります！　丁寧にやりますからやらせてください」

ダナも張り切って手伝ってくれる。わずかなお金でも足しになるだろう。

最近では、近所の指物屋がロイのために小さな揺りかごを作ってくれたので、店の入り口にそれを置いて、ロイを寝かせておくと、通りかかった近所の人までがロイの相手をしてくれる。

ロイの出自について、誰かが少しでもあやしむ様子を見せたなら、もっと警戒したのだが、いつの間にかエルネスタも状況に慣れて油断していたと思う。

　ある日、店に初顔の客がやってきた。紫色のドレスを着た品のいい老婦人だ。

「孫の土産《みやげ》に何か買いたいんだけど、子どもでもわかるようなもの、何かあるかしら？」

　話を聞くと、彼女は隣町から買い物にやってきたところで、孫は七歳の女の子だそうだ。

「子ども向けのものは、あちらの棚に少しございます。ご覧になりますか？」

　エルネスタがそう言うと、老婆は店先に立ったまま言った。

「いいえ、私はよくわからないし、目も悪くて……あなたにお任せするわ」

「かしこまりました。お孫様は七歳のお嬢様ですね……ちょっと見てまいります、中でお待ちください」

　そして、エルネスタが奥で茶の用意をしていたダナを呼ぶと、客は言った。

「いいわ、ここで待ってるから。ゆっくり探してきてちょうだい。坊やはいちばんかわいい時ねえ……本当に愛らしいこと」

　もちろん、エルネスタはすぐにダナをロイのところへ行かせるつもりだった。

「お茶はまだいいから、ロイを見て」

「はい、わかりました」

　ところがちょうどその時、アレクシスがやってきた。

「あっ、殿下のお出ましですね。やっぱりお湯を沸かさなくちゃ。今、お水を足します。すぐに行きますから」

アレクシスは少しだけロイをあやしたが、別の客との接触を避けたのか、すぐにいつもの席へと移動した。

エルネスタはアレクシスに会釈して、それからちらりとロイのほうを見た。老婆はにこにこと揺りかごを見下ろしているし、ロイも泣いていない。大丈夫だ。

彼女は子ども向けの本が並んでいる棚の前に行き、女の子の喜びそうなものを三冊選んだ。王女が主人公の童話と、猫が冒険をする物語、そして花の図鑑だ。

「お待たせしました」

エルネスタがそう言って老婆のところへ行った時、突然ロイが泣き出した。

「あら、まあ、どうしたの？　坊やいい子にしていたのに」

老婆が揺りかごを覗きこんでいた。エルネスタは急いで揺りかごからロイを抱き起そうとして、その口元が汚れていることに気がついた。

「ロイ！　お口をどうしたの？　何か食べちゃったの？」

エルネスタの声を聞いたダナが奥から走ってきた。

「まあ……！　これ、ヤマゴボウ？　だったら大変よ！　いつの間にこんなものを……」と老婆が言う。するとダナが叫んだ。

「あっ、本当だ！　これ……奥の部屋にあった実かも」

「えっ？　まさか」

エルネスタはそんなはずないと思った。気をつけていたはずだ。

「暦に色を塗るのにあちらの部屋に置いてありました……でも、ロイちゃんの手の届かない場所ですよ？　ああ、どうしましょう。毒があるのに！　ロイちゃん、ぺってして！　吐き出してちょうだい！」

ダナがリネンのハンカチを取り出してロイの口の中を拭こうとしたが、ロイは震えるほど激しく泣き出した。

エルネスタの全身から血の気が引いた。

「ロイ！　ロイ！　どうしてそんなものを食べたの？　ロイ、だめ！　死んじゃう。誰か、誰か助けてください！」

すると、アレクシスがかけつけて「どうしたんだ」と言った。

「ロイが……毒の実を口に入れてしまったんです」

「なんだって？」

「あたし、お医者さんを呼んできます！　お医者さんはどっちですか」

ダナは気丈に店を飛び出していったが、エルネスタは動転してその場から動けなかった。

彼女は懸命に、ヤマゴボウについて思い出そうとした。ダナは毒があると言っていた。お腹を壊すから絶対に食べてはだめだと。それはどれほどの強さなのか、死に至るほどなのか？いずれにしても、こんな小さな赤ん坊には少量でもひとたまりもないのではないか。

「ロイ、お願い。死なないで！　お願いよ！」

彼女は恐慌をきたし、絶望に慄《おのの》いた。この子が死んだら自分も死のうと思った。涙が溢れ、足にはもう力など入らなくなってロイを抱いたままうずくまってしまう。

どうして短時間でも目を離してしまったのだろう。

どうして毒のある植物をロイと同じ部屋になど置いたのだろう。知らないうちに揺りかごの中に落ちてしまったに違いないのだ。

アレクシスも腰を落としてロイの様子を見ていたが、次に揺りかごに視線をやった。

「エルネスタ」

アレクシスはそう言って、彼女の肩をそっと抱き寄せた。

「大丈夫だ、エルネスタ」

気休めなのかと思ったが、彼の声はとても落ち着いていて冷静だった。

「アレクシス様……助けてください。ロイはわたしの全てなんです」

「エルネスタ、落ち着いて。見せてごらん」

彼はエルネスタからロイを取り上げ、よしよし、と明るい声で言った。そしてロイの両脇を抱えてゆっくり持ち上げる。

「そら、おまえはこれが好きだろう?」

そんな呑気な……と、エルネスタは思った。

だが、次の瞬間、ロイが笑い声をあげたのだ。

「ロイ!」

エルネスタは跳ね起きるように立ち、ロイを見た。アレクシスに高く掲げてもらったり下ろしてもらったりするといつも上機嫌になるが、今もロイは汚れたままの口を大きく開けて笑っている。

「ロイ……、ロイ……どうしたの……大丈夫なの……?」

アレクシスが動きを止めてこちらを見下ろした。すがすがしく美しい瞳が、今はこれまでに見たどれよりも暖かく、頼もしく見える。

「ヤマゴボウじゃない。これはブルーベリーの実だ、毒なんかじゃないから心配しなくていい」

「え……でも……?」

「ほら。揺りかごに落ちていたのはこれだ」

彼がそう言って見せてくれたのは、確かにブルーベリーのようだ。ヤマゴボウの実は黒に近い濃い赤紫で茎まで赤いが、ブルーベリーはもっと色が薄い。

エルネスタは地獄の底から引き上げられたような気持ちになった。

「よかった……ロイ……わたし、どうなるかと——。さっきまで確かに奥の部屋でヤマゴボウを扱っていましたから。……ああ、ダナがお医者さんを呼びに行ってしまいました」

「医者に診せれば間違いなく毒じゃないというだろうから安心すればいいよ。まず、きみが落ち着かないと——」

気がつけば、さっきの客はいなくなっている。エルネスタが大騒ぎをしたので驚いて立ち去ったのかもしれない。その代わりに近隣の人々がどうした、どうしたと言って集まっていた。

「ロイ坊が変なもの食べたのかい？」

「誰が置いたんだ！　気をつけろ」

みんな口々にロイの様子を気遣ってくれる。中には、よその子どもまで集まってきて、そのうちのひとりが奇妙なことを言った。

「知らないお婆《ばあ》さんがやったんだよ」

エルネスタはその少年に尋ねた。

「知らないお婆さんって？」

「この店の前にいた、紫色の服を着たお婆さんだよ」

直前まで相手していた老婦人のことだ。

「その人はお客様よ。ロイを見ていてくださったのよ」

彼女がそう言うと、子どもは反駁《はんばく》した。

「ちがうよ！　ロイを泣かしたんだよ」

「まあ、違うわよ。どうしてそんなことを言うの？　人の悪口なんか言っちゃだめ」

エルネスタは、この少年が誤解していると思い、たしなめた。

しかし少年は顔を真っ赤にして主張するのだった。

「でも、本当にあのお婆さんがロイの口に何か突っ込んだんだ。それでロイが泣いた」

「嘘……そんなはずないでしょう」

「でも、おれ見たんだもん！　絶対見た」

その子が断固として言い張るので、エルネスタは根負けして言った。

「わかったわ。じゃあきっとロイを喜ばせようとしてこっそりくれたのよ」

内心、それならヤマゴボウだ毒だなどと言わないだろうに、と思いながらも少年の言い分を認めると、彼はやっと気がすんだらしく引き下がった。

するとと隣の奥さんが、声をひそめて言った。

「子どもの言うことだから勘違いだろうけどさ。……でもやっぱり気をつけたほうがいいよ、エルネスタ。相手がよかれと思ったって、変なものを食べさせられたら危ないから」

「はい、これからは気をつけます。お騒がせしてごめんなさい！」

エルネスタがそう言うと、皆それぞれ自分の店に戻っていった。

こうして平穏が戻ったものの、エルネスタの動悸はまだせわしない。

アレクシスはロイを抱いて店の奥の部屋へと歩いていき、エルネスタはまだ衝撃の名残が抜けずにとぼとぼとその後をついていった。

「落ち着いた？　お茶を飲むかい？」

静まった店で、アレクシスが言った。

いつもと逆だ。エルネスタがお茶を出すほうなのに。

だが、初めてロイを失うかもしれない恐怖にうちのめされて、そんなことすらどうでもいいことのように思えてしまう。

「いいえ……本当にお騒がせしました。動転してしまいました」

ロイは、機嫌よくアレクシスに抱かれて、眠そうにしている。

「さっき泣いたのはきっと、ダナが口の中をハンカチで乱暴に拭ったからびっくりしたんだよ。激しく泣きすぎて癇癪を起してしまったんだ」

彼がロイをそっと寝床に下ろすと、ロイは自分の指を咥《くわ》えながら喃語を発していた。機嫌よく歌でも歌っているようだ。つぶらな瞳は愛らしく、赤い頬は艶《つや》やかで、どこにも病《やまい》の気配はない。

「ね、大丈夫だよ」

アレクシスの言葉に救われて、また涙が溢れてきた。

この二人は紛れもなく父と子だ。愛らしい子どものしぐさを見逃してほしくない気持ちもあるが、危機に瀕《ひん》したと思った時に居合わせてくれたことが心から嬉しい。

見えない血というものが引き合っているのかと思うほどだ。

——なのに、わたしは罪深い嘘をついているんだわ。

アレクシスが、崩れそうになるエルネスタの肩を支えてくれたので、彼女はその好意に甘えるように彼の肩に顔を伏せた。

＊　＊　＊

アレクシスには、彼女がなぜそれほど動揺しているのかわからなかった。

エルネスタの顔は真っ青で、今にも消え入りそうだ。自分がロイから目を離した隙に思いがけないことが起こってよほどショックだったらしい。

だが、実際は大したことではなかったし、メイドの子に対する反応とはとても思えない。

彼女は確かに、昔から繊細なところがあったが、さっきの態度は尋常ではなかった。

――まるで実の母親みたいだ。

エルネスタがあまりに憔悴していたので、アレクシスは思わず手を差し伸べた。そうしないと、彼女は自力で立っていることもできなかったのだ。

リルーシュの店主が病に倒れた時を思い出す。

二年ほどのことだが、アレクシスが侍医を差し向けた時にはもう手遅れだった。

エルネスタは診断の結果を聞いてうちひしがれていた。

父に涙を見せまいとして、ひとりで耐えている彼女の姿はアレクシスの胸を打った。

あまりに弱々しい彼女を支えたくて、抱きしめてキスした。

それで慰められるなんて思い上がりも甚だしいが、そうせずにはいられなかったのだ。

今はもちろん自制している。

だが、その体温や、ほのかなすみれの匂いから強烈に蘇《よみがえ》るものがあった。

その肌の本当の温度や感触を知っているような気がするのだ。

口づけ以上の、その先の――彼女の身体の奥まで自分は知っている？

思考が止まってしまいそうになり、アレクシスは「大丈夫だよ」と繰り返した。そうやって気を散らしていないと、再び奇妙なまどろみに落ちてしまいそうだった。

あの曖昧とした、だがところどころリアルな一夜を、アレクシスは酩酊状態ゆえの幻覚と認識しているが、彼女の肩を抱いた時、それが大きく揺らいだ。


——そんなことはありえない、あってはいけないのに……！


エルネスタはリルーシュ書店の看板娘というにはおとなしくて控えめで、気安く話しかけてはいけないような雰囲気をもっていた。

気取っているとか高慢だというわけでは決してなかったが、ある種の聖域のような存在であり、女好きで軽率なジャン・ミカルでさえ彼女を口説くそぶりも見せなかった。父である店主が目を光らせていたからというだけではないだろう。

アレクシスは確かに彼女に恋をしていたが、だからといって欲望のままに犯すなど考えるはずもない。

それを確かめるのは怖かったが、彼女は間違いなくあの晩にはこの店にはもういなかったと証言したので、自分は潔白であり、救われたと思っていた。

それなのに、この感覚はなんだろう。

エルネスタは今、無防備に彼の肩に寄りかかっている。

アレクシスの頭はくらくらして、体の奥には衝動的な波が動き出していた。

――だめだ……！　これ以上ここにいては。

そしてあの時の曖昧な記憶と同じように、「離れてくれ」と言いたかった。そうしないと、彼女を抱きしめてしまいそうだった。そして彼女が抵抗しなかったら、その物静かな唇にキスをしたくなる。さらには彼女のドレスを剥いで、この身を滑り込ませてしまいそうな――この強い衝動はいったいなんなのだろう。

あの夜の欲望に似ている。

だが、寝所に忍び込んできた女に対しては、はっきりと拒絶感を感じた。万一その女の誘惑に敗北したら、生涯エルネスタと顔を合わせる資格などなくなるような気がしたのだ。

そしてエルネスタの元に駆けつけて、その後は――？

「お嬢様！　お医者さんを連れてきました」

ダナがそう言って飛び込んできた時、アレクシスは心から助かったと思った。

＊　　＊　　＊

数日後、アレクシスは王都内の養育院を視察していた。

それまでは多忙ということもあって大臣に代行させていたが、この頃ではロイの影響もあって子どもに関心を持つようになったのだ。

ふだんよりいくぶん小ぎれいな格好をさせられた、さまざまな年齢の子どもたちを見ながら、アレクシスは『この子どもはロイと同じ年ごろだが、表情はロイより乏《とぼ》しい』とか、まだ首も座らない赤子を見れば『ダナのような憂き目に遭った女が捨てたのだろうか』などと想像するのだった。

同行の大臣はそそくさとすませようとするのを止めてまで、この子どもは生後どのくらいなのかと尋ねたり、もっと柔らかい肌着にしたほうがよかろうと忠告したりして、食料や衣類の供給を約束し、施設長からいたく感謝された。

一歩間違えば、ロイもあのような境遇だったかもしれないと思うと放ってはおけない。

しかし、不思議なことに、ロイに対するほどの愛着はどの子にも湧かなかった。知り合いの子かそうでないか、というだけでこんなに違うものだろうか。

そして、この一週間ほど、エルネスタへの自分の気持ちを持て余して――彼女の傍にいると、いつかの夜のような獣めいた欲望がせりあがってくるので――リルーシュ書店から遠ざかっていた。

彼女に対する自分の不届きな欲望を持て余しただけではなく、ロイが彼女の子ではないかという疑念を持ってしまった以上、では父親は誰かという問題に悩まされたからだ。

それについて考えるのは正直言って、苦しい。

かわいいロイが見知らぬ男の子だったらという思いと、見知らぬ男がエルネスタと契ったのではという想像に苛《さいな》まれる。

どこの誰だ。

なぜ彼女を放っておくのだ。

万一、と思ったこともあるが、彼女ははっきり否定したのだ。

あの日にはもうこの町にいなかったと断言したのだから。

そうなると、出口のない迷路に突き落とされたように気持ちが塞ぎ、胸をかきむしりたくなるほどの嫉妬に叫び出しそうになる。

だからどうしても自然と書店から足が遠のいてしまっていたのだ。

しかし、この養育院訪問がきっかけで幼子特有の柔らかさを思い出し、たまらなくロイに会いたくなった。

施設の子どもと違って、ロイは栄養状態もよく肌着もいつも清潔なものを着せてもらっているようだったが、玩具《おもちゃ》はあまり持っていなかったと思う。

エルネスタへの奇妙な感情は、誰に相談することもできないが、ロイに玩具を土産に持っていくだけならかまわないだろう。

早速玩具の店へ行ってみたものの、ロイが喜びそうなものがわからず、あれこれと買い集めては従者に運ばせていた。

その時、雑踏に画家のジャン・ミカルの姿を見た。アレクシスの視線に気づくと、ジャンのほうからこちらに近づいてきた。彼に誘われて、彼の行きつけらしい居酒屋に入る。

「前から膝を突き合わせて話したかったけど、貧乏なので安酒しか奢《おご》れなくて失礼します」とジャンが言った。

「きみに奢ってもらおうとは思わないが、話とは何かな」

「ダイレクトに言うと、殿下自らリルーシュ書店を再興しようと動きだしたはずなのに、なぜ殿下が雰囲気を悪くしておられるのか訊きたい」

「雰囲気を悪く？　なんのことかな」

アレクシスは、ジャンがもう他の店で飲んだ後で、酔っているのではないかと思った。そうでなければこんな不躾《ぶしつけ》なことを言うだろうか。ジャンは慇懃無礼《いんぎんぶれい》な物言いで続けた。

「つまり、僕たちがエルネスタに近づくたびに睨《にら》んだり不機嫌になったりしておられるのが、あからさまだからですよ。彼女を独占したいならちゃんと申し込むべきだ」

ひどい言いがかりだ。

彼にそんな文句を言われる筋合いではないと思う。アレクシスは言い返した。

「そう思うならエルネスタにつきまとうのをやめればいい。きみこそ、誰彼かまわず追いかけまわすのは控えたらどうだ」

するとジャンはテーブルを両手で叩いたはずみで立ち上がる。

「ああもうじれったいな！　つまり……僕とエルネスタの仲を疑うのはやめてほしいってことです。むしろあなたですよ。みんな気づいてる、殿下と彼女の間に何かあるってことは。潔く責任を取ったらどうなんですか？」

「何を言っているかわからない。エルネスタは誰かの特別なものではなく、リルーシュ書店の守り神のような存在だ。以前のように」

「本気でそんなことを思っているなんてびっくりだ！　それに僕は誰彼かまわずじゃなくて、ダナが好きなんだ。ロイが誰の子でも関係なくね——まあ僕ははっきり言うと、その件に関してもダナが無実の罪を被《かぶ》せられていると思ってる」

「それなら早く亭主を見つけて話をつけたらいいだろう」

アレクシスのこの言葉に、ジャンは呆《あき》れたような顔をしてしばらく黙っていた。そのうちに彼は立ったままゴブレットの酒を勢いよくあおり、唇を拭うと言った。

「とにかく、僕が言いたいことは、好意を表明していない者には嫉妬する資格もないってことですよ」

これは挑発なのか、忠告なのか？

嫉妬とは誰が誰に？

アレクシスがエルネスタを好きで、ジャンに嫉妬しているということか。

では、彼女に触れた時に起こった衝動は、彼女への愛情からきているものなのか。

「……きみは本当にダナを愛しているのか？」

「そうですよ、何度も言ってる」

「ではダナに申し込んだのか？」

「全然本気にしてもらってませんけどね。でも宣言することは大事だと思う」

つまり、ジャンにはダナに近づく男に対して牽制《けんせい》したり嫉妬したりする資格があるということだ。自分はどうか。

二年前の自分はエルネスタが純粋に好きだった。

同情にかられた勢いでキスしてしまうくらいに。

彼女の想《おも》いはわからないが、時折目が合った時に漂う柔らかな空気や、口づけた時の反応から嫌われてはいないと思っていた。

彼女を長い間探し続けた理由も、書店の存続など口実にすぎなかった。

そしてやっと見つけたのに、二人の間には距離があるのを感じる。

会えなかった歳月が彼女の心を変えてしまったのだろう。

その間、彼女に何があって、どう変わったのか知るには、アレクシスは臆病だったのだ。

第五章

「あれから殿下はいらっしゃいませんねえ」

ダナの何気ない言葉に、エルネスタはどきりとした。

ロイがブルーベリーを食べて大騒ぎになった日から一週間、彼は来ていない。以前は二日と空けずに様子を見に来てくれたのに。

「何か、聞いてます？　ジャンさん」

ダナはジャンの懇願に負けて、スケッチさせることを許していた。ただし、彼女は働かなくてはいけないので自由に動き回るし、ポーズに注文をつけないという条件つきだ。今、彼女はロイを抱いてあやしている。

「さあ、僕は知らないねえ。……兄君の王太子殿下はお変わりないようだし――そんなことよりその赤い髪はほどいてくれないかな、頭巾なんか取ってさ」

そう言いながら、ジャンはカルトンの木炭紙の上にチョークを走らせる。

「お断りです。そういうのは受け付けない約束ですから。……言っときますけど、あたしは人妻ですからね。子持ちだし。口説いても無駄ですよ」

と、ダナが軽口を言えば、ジャンも負けていない。

「ならそのご亭主をここに出してごらん。それだったら信じるよ」

「そんな、出したりしまったりできるもんじゃありません」

このやりとりにはエルネスタも笑ってしまった。

「あら、ロイはおねむかしら。奥のベッドに行きましょうかねえ。……ジャンさん、あたしとロイをモデルに、聖母子像が描けました？」

「不思議だなあ。そのつもりで描いたのに……僕のこの腕をもってしても、子守り奉公にしか見えないんだ」

ジャンの独り言のようなその言葉に、エルネスタはまたはらはらさせられる。

彼は画家として、ダナとロイを真剣に観察していただろう。その結果得た印象なのだとしたら、彼の前に、もうロイを連れてこないほうがいいかもしれない。

「ジャンさんったらたくさんスケッチを描いていかれましたよ。お忘れ物ですって言ったら、雨が降りそうだから置いといてくれって」

「そういえば曇ってるわね。途中で濡れるといけないからそれでよかったのよ」

「殿下がいらっしゃらないとジャンさんのやりたい放題なんですから困りますね、お嬢様。悪い人ではないんですけど図々しいというかしつこいというか――」

「お客様をそんなふうに言ってはだめよ、ダナ。……それにきっと殿下はお忙しいのよ。むしろ今まで足繁くいらっしゃりすぎだったわ。公務もおありなのに――」

エルネスタはそう言いながら、内心は自分の馴れ馴れしさに呆れて来なくなったのではないかと案じている。いくら動揺していたからといって、王子殿下の肩に顔を伏せて泣いてしまったのだ。無礼を働いてしまった。

それに、孫のために絵本を買いたいと言っていた老婦人も、結局もう来なかった。エルネスタが取り乱して騒いだから印象が悪くなったのかもしれない。

――でも、あの人がロイの口に何か突っ込んだなんて……。

そんなことを近所の子どもが言っていたのが気になる。

アレクシスは、ダナが焦って乱暴に口の中を拭ったからロイが大泣きしたのだろうと言っていたが、何度記憶を手繰ってもロイはダナがかけつける前に既に泣いていた。

――あの子どもの言うことが本当だとしたらどういうこと？　ロイがかわいいから手持ちの

ブルーベリーを口に入れてみたけど、初めての味に驚いてロイが泣いたとか……？　それで決まり悪くなって慌てて立ち去った？　それならヤマゴボウと言ったのはなぜ？

今更考えても仕方のないことだけれど不思議なことばかりだ。

「……まあ、そうですね」

ダナの相づちが聞こえて、エルネスタはふと目を上げた。

「ジャンさんがおっしゃるには、王太子殿下は昔の大病がたたって伏せがちで、公務といってもバルコニーに座ってお手を振りなさるくらいのことしかもうおできにならないのだとか……それで、アレクシス殿下に全部その公務が回ってきているんだそうですよ。そりゃあお忙しいに決まってます」

ダナの断言がこの時ばかりは嬉しい。エルネスタは自分が嫌われて足が遠のいたのではありませんようにと祈るばかりだ。

「でもひどいですよね、昔は殿下をないがしろにしたくせに今更こき使うなんて」

「ダナ、そんな昔のことなんてよく知っていたわね」

「ジャンさんの受け売りですよ。あの人なんでもぺらぺら喋るんです。男の口が軽いのってどうなんですかね」

「もう、ダナったら……」

今日もアレクシスの来訪のないまま外は暗くなり、客足も途絶えた。

通りの街灯がポツポツと点《とも》り始める。店を閉める時間だ。

エルネスタがダナからロイを引き取ろうとした時、その日最後の客が来た。

彼が灯りを持っているわけでもないのに、その場が一瞬で明るくなったように見えたのは、エルネスタ自身の気持ちの現れだろうか。

「あら、噂をすれば……、お嬢様、ロイちゃんはあたしが連れていきますんで」

ダナが気を利かせたつもりらしく、ロイを奥の部屋へ連れていった。

「いらっしゃいませ、アレクシス様」

「もう店じまいだよね。だがすぐ帰るから……ロイに土産をと思って」

アレクシスは、今日は従者を連れて入ってきた。

従者は行李《こうり》をひとつ運び込むと、先に馬車に戻った。

「ロイに……お土産でございますか？」

「ああ、まだ早いと思うものもあるだろうから、きみたちがロイの成長に合わせて選んでくれればいい」

「まあ……ありがとうございます。こんなにたくさん！」

エルネスタは玩具を喜んでいるように見せて、実は彼の訪問が心から嬉しかったのだ。

数日会えなかっただけなのに、エルネスタにとっては、もう見限られてしまったかと思うほど長かった。

「先日はお見苦しいところを――」とエルネスタが詫びようとした時、アレクシスはテーブルの上のカルトンを見た。

「ジャンさんのスケッチです。天気が悪いからと置いていかれました」

「へえ……自称売れない画家の労作か」

アレクシスとジャンはよほど相性が悪いのか、リルーシュ書店で頻繁に顔を合わせているにも関わらず、二人の間にはほとんど親密な会話はなかった。

だから、彼がこんな嫌みな物言いをしたのも不思議ではない。

「彼は本当に絵を描くんだ」

アレクシスは意外そうに言って木炭紙を手に取る。

いちばん上にはロイを抱っこするダナのスケッチがあった。

「わたしはよくわかりませんけど、素敵な絵だと思います」

デッサンも確かだし、描線も柔らかくて美しいというのがエルネスタの感想だ。どうして彼が画家として成功しないのか理解できない。

アレクシスはそれをじっと見つめ、その下にあるもう一枚の絵を見た。

「これは……?」

彼が食い入るように見つめているのは、やはりロイを抱いた女の絵だが――。

「まあ、いつの間に……?」

二枚目にはエルネスタとロイを、素早いタッチでスケッチしてあった。その下にも作品が何枚か重なっているようだ。

彼は短い時間で随分たくさんのスケッチやクロッキーを描いていたものだ。

「ジャンさんはダナの絵しか描いていなかったはずなのに」

「盗み見して描いたんだろう、卑怯《ひきょう》な男だ」

アレクシスが硬い声で言った。そして、いまだ彼はその絵から視線を外さないのだ。

自分を描いた絵が凝視されていると思うと、身がすくむ。

「どうかなさいましたか? アレクシス様?」

エルネスタが怯《おび》えるほど、真剣な目で二枚の絵を見比べ、さらに、ジャンに無断でいいのかと不安になったが、アレクシスは次々に木炭紙を繰っていった。

ジャンは退屈しのぎにこの店での日常を軽い気持ちで描いたのだろう。

ダナをからかいながら、あるいは常連客と談笑しながら手が勝手に描いただけ。

それ以外に特別な意味はないはずだ。

その中にアレクシスがロイを抱いているスケッチがあったとしても。

アレクシスは熱心にそれぞれを眺めていたが、やがて彼自身とロイの絵に目を留めると、随分長い間そのままでいた。

「なるほど——彼の絵が売れないのはわかる気がする」

アレクシスはひとつため息をつくと言った。

「彼は『本質』を描くと言った。おそらく自覚なく描いてしまうんだろう」

「……どういう意味ですか？」

「まず、ロイときみ、それからロイとダナの関係性だ。この二枚を見たらわかる。やはり、ロイの母親は——」

エルネスタは両手で口元を覆った。本当は目も隠してしまいたかったが、アレクシスのこの世のものとも思えない美しい瞳から逸らすことができないのだ。

「ロイの母親はきみだろう」

エルネスタはもう偽り続けることはできなかった。

ジャンは生きていると思って描いた猪が死んでいたのと同じように、母子の絆《きずな》を描ききってしまったのだ。

そして、ダナのことはメイドが子守をしているようにしか描けなかった。

「──はい」

「きみは、結婚はしていないと言ったよね」

「はい」

「では、ロイの父親とは別れたのか？」

誰が父親だと訊かれなかったことに、エルネスタは少しだけ安堵した。

はっきりその名を言えと言われればもう抗えないが、彼は問わなかったから。

「その人は、わたしが身ごもったことも知らなかったと思います」

アレクシスは明らかに衝撃を受けたような表情をした。

エルネスタが世間を欺き、父親にも知らせず子どもを産んでいたことに。

彼は軽蔑するだろうか。いかがわしい女だと思うだろうか。

それでも仕方ない。

──これまでダナに濡《ぬ》れ衣《ぎぬ》を被せていたひどい女と思うでしょうね。

アレクシスはこの自分勝手な女への嫌悪感からなんとか気持ちを立て直したらしい。

少し間をおいた後、乾いた声で言った。

「最後にひとつだけ……きみは嘘をついたね。一昨年の聖ダミアンの日には、もうこの町にはいなかったと──」

「はい」

「あの夜どこにいた？」

エルネスタは、もうこれ以上取り繕うのは無理だと思った。

「本当は、この店にいました。翌朝いちばんの馬車で出発することになっていたので、最後に名残を惜しみ、そして神に祈っていました」

「……なんて？」

「もう一度だけ、アレクシス様に会わせてくださいと――」

それが真実で、全てそこから始まった気がする。

彼女がそう言うと、アレクシスは驚愕したように目を瞠り、次に苦しそうに顔をゆがめた。唇を噛みしめ、肩で息をし、何かに対する怒りを押し殺すようにしばらく沈黙していた。

エルネスタは泣きそうになった。彼が何と戦っているのか……。

「……ひどい男だ！　最低だ」

と、彼は振り絞るように言った。

「自分で抱いておきながら、二年近くも放置か。きみはその男がこのことを知った時、何を思うか考えたことがあるか？」

彼の質問の意図はわからないが、エルネスタはもう覚悟を決めた。

全てを話した後は、全てを失うかもしれない。

ここで過ごす穏やかな暮らしも、気のいいお客とのなごやかな時間も、そして愛しい人を迎える喜びも――。

何もかも手に入れようとしていた自分は強欲すぎたのだ、きっと。

「その方は狼狽《うろた》えるでしょう。迷惑だと思うかもしれません。自分の知らないところで自分の子どもが産み育られていたら、嫌な気持ちになると……思います」

「ああ、そうだ。狼狽えるだろうな。自分がそんなことをしたという罪悪感に震えるだろう。きみを傷つけて苦しめ、きみに嫌われてしまったのではないかと思うと自分を心から憎み、絶望するだろう。自分は大切なものを壊してしまったと」

エルネスタは驚いて彼を見上げた。

「違います！　わたしはその人から宝物をいただいたのだと思っています。いいえ、もっともっと大切な、自分の命より尊い愛を――」

それだけは誤解してほしくない。

エルネスタがどう思われようと、これだけは信じてほしい。

アレクシスと視線を絡み合わせたまま、彼女は訴えた。もう目を逸らすまい、その神々しさにどれほど目が眩《くら》んでも。

その時、奥の部屋でダナが叫んだ。

「お嬢様！　ロイちゃんが！」

心臓がドクンと鳴り、エルネスタは我に返った。

「ロイ！　ロイがどうしたの？」

またこの間のようなことが起こったのかと思った。そして今度は思い過ごしのから騒ぎなどではなく、本当に事故が起きたのかもしれない。

血相を変えてかけつけると、ダナが振り返って満面の笑みを湛《たた》えている。

「ロイちゃんが！　つかまり立ちしてます」

「えっ」

ダナの指さした先を見ると、ベッドのへりにつかまってロイがよろよろと立っていたのだ。

「まあ、ロイ！　立っちしたのね！」

最近、かなり足が力強くなって膝をピョンピョンさせて跳ねるようなしぐさをしていたから、その日も近いだろうとは思っていたが、とうとう立ち上がったのだ。

エルネスタはロイが後ろに転ばないようにそっと手を添えた。

未婚で子どもを育てるという心細さも疲れも、こんな瞬間に出会えただけで癒されてしまう。

ロイがこの身に宿ったあの夜のことを、彼が忌まわしい失態と思っているとしても、ロイのことだけは愛してほしいと思う。

エルネスタはアレクシスを見た。

彼の視線はロイに向けられている。

「アレクシス様……ロイが初めてひとりで立ちましたの！　こんなにしっかりと……ご覧ください、ほら」

ずっとそういう小さな喜びをひとりで、時にダナと一緒に迎えてきたが、今、何より嬉しいのは父親であるアレクシスと共に立ち会えたことだ。

彼の心の中がどうなっているのかはわからないが、この一瞬は覚えていてほしい。

アレクシスは静かにロイの姿を見ていた。

その眼差しには慈《いつく》しみが滲《にじ》んでいる。

その時、アレクシスの存在に気づいたロイの顔がぱっと明るくなった。

「アー」

ロイがはちきれるような笑顔を見せて、何か唸りながらアレクシスに手を伸ばす。

「ター」

アレクシスがはっとしたように腕を差し出した。その瞬間、ロイの足が力尽きてすとんと尻餅をついた。

「あああん」

ベッドの上だから痛くも危なくもなかったのだが、ショックで泣き出したロイをアレクシスが抱き上げた。

「よしよし、えらかったな！　痛くないぞ。そうか……初めて立ったのか」

彼にあやされてロイが泣き止むと、アレクシスはぽつんと言った。

「やっとわかった……他の子どもにはそれほど愛着がわかないのに、ロイだけがかわいいと思えた理由が」

「アレクシス様――」

だが彼の表情には、いつもロイをかわいがっている時とは違って、戸惑いが見える。

「きみにもロイにもひどいことをしたのに……私にロイを抱く資格があるのかな」

「いいえ、わたしが悪いんです。ずっと隠してきたから。これからもどうぞ、ロイを抱いてやってください」

エルネスタは懇願するように言った。自分は軽蔑されても、この子だけは愛してほしい。

彼はロイを抱っこしたまま上体を傾け、エルネスタに顔を寄せてきた。

「ダァ、ダァ」

ロイの髪の日向の匂い、それからアレクシスの高雅な香水の匂いが近づいてくる。

目の前が陰り、エルネスタは反射的に目を閉じた。

ふわりとかぶさる唇――。

「だっだ――！」

ロイが二人の間に挟まれてじたばたと手を振った。

「こんな瞬間をひとりで見てきたなんて狡《ずる》いぞ」

唇を離した後、彼が囁いた。

「申し訳……ありません」

どう言い訳しようかと思ったが、何もできなかった。彼がもう一度口づけてきたからだ。

「あっ、あたし、お湯沸かしてきますぅ」

ダナの声が遠ざかる。彼女の声も少し涙ぐんでいた。

＊　＊　＊

「本当に申し訳なかった」

ロイを寝かせ、ダナも自分の部屋に下がった後。

アレクシスは従者を宮廷に帰して、自分はまだ残っていた。

二階の父の寝室だった部屋に、今はエルネスタのベッドと、指物屋の主人が作ってくれたロイの小さなベッドがある。すやすやと寝息を立てているロイを時折見やりながら、二人はベッドに座って、これまでのことを話した。

エルネスタは何度も謝られて恐縮してしまったが、以前想像していたような落胆や後悔を伴う謝罪ではなかったのが救いだった。

「告白もせずいきなり抱くなんて最低だ！　だが、弁明をさせてほしい。あの日、誰かに仕組まれて媚薬のようなものを盛られた上に、正体のわからない女が寝室に忍び込んできた。殺意は感じなかった。私は他の女性とそういう関係になってしまうことだけは耐えられなくて、気がついたらここに来ていた。裏切りたくなかったんだ……きみへの自分の気持ちを」

エルネスタにとって、それは愛の告白のように思えた。そんな朦朧《もうろう》とした状態でここまで来てくれたことが嬉しい。

「今さらだと思うだろうが、私はきみを好きだった。ずっと冒してはいけない聖域のように思っていた。それなのに媚薬を盛られたとはいえ、なんということを……」

あの晩、彼はただ媚薬に酩酊状態となってここに彷徨い込んだわけではない。他の女性の誘惑を振り切って自分のもとへ来てくれたのだ。

だからエルネスタは応えようと思った。

「どうかお気になさらないでください。アレクシス様は触るなとおっしゃったのに、わたしが言うことを聞かずに近づいたからですし……わたしは願ったとおりにもう一度お会いできて幸せでした」

「願ったとおりに？」

「はい」

エルネスタがそう言うと、彼はその手をそっと握り、慈しむような眼差しで見た。

「……今も？」

彼は低い声でそう言った。エルネスタにとっては肯定の返事がせいいっぱいの告白で、それを言うだけでも頬に血が上る思いなのに、彼はまた問い直してきたのだ。

「はい――今も」

すると、アレクシスはきらきらした笑顔を向け、エルネスタを抱きしめた。

「うん、本当だ。この感覚――あの夜と同じだ。自分の非道を打ち消したかったけれど、きみのこの柔らかな感触は忘れられなかった……エルネスタ」

そして彼は唇を重ねてきた。

ようやく互いの想いを確かめ、その喜びが溢れそうなのをこらえるような、抑制されたキス。

だが、すぐにそれは制御不能となり、次第に熱く激しいものになっていく。

彼の子を身ごもり、産み育ててきたというのに、口づけをする時は少女のように胸をどきどきさせていた。彼が自分を好きだったことを知ったばかりで、まだ完全には信じられないでいるのに、唇の熱さはそれを彼女に刻み込んでいくような気がする。

二年近くもの間、二人は互いの気持ちを知らずにいたのだ。時にはやさしく、時にはむさぼるような口づけを何度も繰り返しながら、あの晩、彼がいきなりしたような深い口づけへと時間をかけて進んだ。

「ん……」

そしてようやく彼の舌がエルネスタの口中に入ってきた時、背筋がぞくりとした。

舌と舌が触れて、彼がそれを絡めとり、むさぼる。煽情《せんじょう》的な舌の動きに、息が詰まりそうになる。やがてエルネスタの腰のあたりに、はがゆいような感覚が生まれてきた。

「ん、んん……っ」

彼女の唇から、熱っぽい喘ぎ声が漏れ出てしまう。

今は媚薬の効果などないはずなのに、あの日と同じように体が熱くなってきたのだ。

その時、アレクシスはようやく彼女の唇を解放して言った。

「もっと先へいってもいいか？」

彼はここで夜を過ごすつもりなのだ、と悟った。こんな粗末な寝室で、と一瞬思ったが、もう止められないほど二人の気持ちは高まっていた。

はい、と小さな声で答え、エルネスタは目を閉じる。

ゆっくりと彼の重みが彼女にかぶさってきて、ベッドに横たえられる。

そのまま口づけを繰り返しながら、彼の手がエルネスタの衣を解いていく。

ボディスのホックを外され、乳房が縛《いまし》めを解かれたようにぷるんと弾ける。

薄い肌着の上からそれを手で包まれ、エルネスタの胸は疼いた。

布越しに乳頭を指でなぞられると、乳房が張ってさらに膨らみ、乳首がぷっくりと勃ち上がる。彼の指先で摘ままれ、指の間で転がされる。

あの晩は、寒い図書室で抱かれた。

彼の口中に残っていた媚薬の影響で、エルネスタもおかしくなっていたと思う。

自分の肌を這う彼の指や唇が次第に心地よくなり、恐怖などどこかへ飛んでいってしまった。

何が起こっているかわからないうちに処女を奪われていたのだ。

媚薬の影響がないだけ、今のほうが少し怖い。

彼のすることを全て認識できるし、はっきりと記憶に残るのだ。それに羞恥心もある。

静かに衣を剥《は》ぎ取られ、彼も裸になった時、エルネスタは改めてその肉体の凛々《りり》しさを目の当たりにした。

物静かに読書をしていた姿ばかり見てきたが、彼は着痩せする質のようで、今彼女に覆《おお》いかぶさっている裸身は思ったよりたくましく、均整のとれた筋肉に包まれている。

エルネスタも昔の痩せぎすだった少女から、柔らかな肉体を持つ大人の女へと変化していた。

「エルネスタ……素敵な肌だ」

彼はそう言って、彼女の肌にキスを落とす。

「あ……ん」

首筋に、それから鎖骨のくぼみや、それから肩にも唇を当てられ、エルネスタはそのたびに小さく慄《おのの》いて、切ない吐息を漏らした。彼の指は乳房の弾力を楽しむように弄び、こりこりと屹立した乳頭を刺激している。

「あっ、……あぁ」

彼の唇が乳房まで下りてきて、それが口に含まれた時、エルネスタの腰がぴくんとのけ反《そ》った。眩暈《めまい》がするような感覚に上ずった悲鳴を上げてしまう。

「ああん、そこ、だめです……ああ……」

今では全身のどこに触れられても感じてしまうが、そこはとくに敏感になっていた。

彼の舌が乳輪をなぞった時、ひときわ激しく背中が反り返り、足先から背筋を貫く快感に震えた。乳房がぽってりと重くなり、胸の谷間に生ぬるい滴りを感じる。

「──あ……っ」

アレクシスが顔を上げて言った。

「ああ、……乳だ。男が精を吐くようにほとばしるのだな」

「ごめんなさい……っ」

濡れた胸を拭こうとシーツを探るが、彼はかまわずにそれを舐めた。

「ロイの食糧を無駄にするわけにはいかない」

そして丹念に彼女の肌にこぼれた乳を舐め取っていった。それは臍《へそ》に至り、彼のアッシュブロンドの髪が自分の腹の上でさわさわと動いているのを感じて恥ずかしくなった。

「あ……おやめください。そんなところまで……あっ、ああ」

彼女が懇願しても、アレクシスは聞かずにその肌を味わっていた。

もう乳などこぼれていないのに。

恥骨の下の辺りを愛撫されると、子宮の辺りがひどく悩ましい感覚に包まれる。

そして足の間の秘めた部分がひくひくと疼いてくるのをこらるために、彼女は足をきつく閉じようとした。

「だめだよ、閉じては」

彼の声が少し意地悪く聞こえた。アレクシスはエルネスタの膝の間に大きな手を差し入れて、閉じるのを阻み、さらに押し開く。

一枚の布もうまとっていなくて、恥ずかしい。

「や……アレクシス様……困ります……あ」

「どうして困るの？」

「恥ずかしいです、そんなとこ……見ない……で」

「だめだよ。あの時は朦朧としていたから、きみのすみずみまで見られなかった」

「そんな……」

「いきなりひどくして、怪我をしなかったか心配だ」

まるで患者を診る医師のような物言いで、彼はエルネスタの秘所を暴いた。

あの時は確かに生娘だったが、今はロイを産んだのだから全然違う。

しかし、アレクシスはまじまじと検分してこう言うのだ。

「美しいよ。処女みたいに淡いピンク色だ」

「アレクシス様……っ」

彼はその長い指を使って、もっと深くまで確かめないと気がすまないみたいだ。花弁をすっと指で割り開き、第一関節までゆっくりと挿し入れる。

「ぁ……っ」

体が思わず強張り、エルネスタは目を閉じた。

「濡れてる。でも狭いな。ロイを産んだとは思えないほどだ。私の他にきみを抱いた者はいなかったの？」

「いっ、いません！　アレクシス様だけです」

それもたった一回だ。

「嬉しいよ。初心そうな色をしているわけだ。あ……でも、私の指に反応して中がひくついている。気持ちがいいかい？」

「そ、そんなこと……おっしゃらないでください」

はしたないと思うのに、体の深いところが反応してしまうのは、エルネスタにはどうにも制御できないのだ。彼の指がぐりぐりと蜜襞をかき回し始めると、泉が湧くように新しい蜜が溢れてくるのがわかる。

「ア、あ……っ、ひぁぁ」

彼の指全体がエルネスタの蜜洞に埋め込まれ、彼女の下腹が震えていた。しっとりと汗がにじみ、肌が紅潮していく。

「中がうねって、私の指をほおばっているみたいだ」

「ああっ……お許しください……お許しください」

「待って、もっとほぐしてからだ」

その時、指が静かに引き抜かれたと思うと、それに代わる何かが花弁に触れた。

「あ……っ」

柔らかく湿ったそれは、彼の舌だ。

「あっ、おやめください！　だめです、殿下！」

天下の王の御子《みこ》にそんな場所をという畏れ多さと恥ずかしさにのたうち回る思いでエルネスタは抵抗したが、彼はふと顔を上げると言った。

「シッ……ロイが起きてしまうよ。声は抑えて」

「でも……ぁあっ」

抑えられるはずがない。エルネスタは手で自分の口を押えて耐えるしかなかった。

ぬるぬると秘裂を撫でられる恥ずかしさと、それを超える心地よさに身をよじらせ、自分の指を噛んでひたすら耐えるが、それがかえってなんともいえない淫らな嗚咽《おえつ》となってしまうのだった。

「んくっ……ん、……んんふぅ」

彼はエルネスタの花弁を分け入ってさらに奥へと忍び込んできた。濡れた舌が柔軟に襞の間を扱《しご》き上げるので、蜜洞にはたちまち糖蜜があふれ出してきた。

「ふ……っ、く、ん……ん、ン——」

声を殺しても体の反応は止められず、彼女の淡く染まった肌はぴくぴくと何度も震え、華奢《きやしや》な背中が弓なりに反ってしまう。黒髪は激しく乱れてシーツに広がり、足の指先までぴんと張り詰める。彼女の深奥から零《こぼ》れた淫らな雫《しずく》は臀部《でんぶ》を伝ってシーツまで濡らしていた。

気が遠くなりそうな快感に喘いでいると、アレクシスが彼女の最も敏感な粒をれろんとひと舐めし、とうとう彼女の限界を超えた。

「んん———っ」

悲鳴は声にならなかったが、全身が激しく震えて強張り、頭の中が真っ白になった。それから一気に力が抜けてくたりと背中をシーツに落とし、ようやく彼女は自分の口から手を離し、大きく息を継いだ。

「達《い》ったね」

アレクシスは、しっかりと押さえていたエルネスタの腰から手を緩めた。

「もう大丈夫だろうか。私が中に挿入《はい》っても痛まないかな」

そして彼はエルネスタのお腹をまたぐようにして膝をついた。

「触れて」

と言われて、エルネスタは彼の下腹部に手を導かれた。

彼の腹筋に届くほど反り返った肉棒は、ロイを産んだ後でさえ、貫通するのは難しいように見えた。どくどくと脈打ち、恐ろしいほど猛々《たけだけ》しく屹立し、熱を孕《はら》んだ彼の剛直を直視するのは初めてで、よくこれがあの時の無垢な体に入ったと思う。

エルネスタは、まだ極めた衝撃に息を荒げていたが、くらくらするのをこらえて上体をわずかに起こして、彼のいきりたったものに唇を寄せた。

自分ばかりが心地よくされたのが申し訳なくて、そうしなくてはならないと思ったのだ。

「エルネスタ……？」

彼は驚いた声で呼んだが、そのままエルネスタのやりたいようにさせてくれた。亀頭を舌で濡らし、口づける。

「う……エルネスタ――」

アレクシスの声は吐息混じりで悩ましく聞こえた。エルネスタは彼の肉筒を両手で柔らかく包んで先端を口に含む。熱くて硬い剛直、節の浮いた裏筋をそっと撫でると、口の中で彼がぴくんと動く。

それは大きくて、半分も口中に収まらなかったが、できる限り深くほおばって舌で慰める。

「も、もういい、エルネスタ」

彼は焦ったような声でそう言うと、エルネスタの肩をそっと押し戻した。

「んむ――ぁ」

まだ十分に彼を楽しませていないはずなのに、半ば強引に引き離される。

彼はそのまま覆いかぶさってきた。エルネスタの体は大きく開かれ、潤ったその場所を熱い肉棒の先がまさぐる。次の瞬間、花襞を割って彼が挿入《はい》ってきた。

「あ……っ」

エルネスタは思わず息を詰めた。あれほど濡れてほぐれたはずなのにその重圧感に驚いてしまった。初夜のあの時は媚薬で麻痺《まひ》した状態だったと思うが激痛があったことだけは覚えている。今は痛みはないが、内臓を押し広げるような圧迫感に体全体が押し上げられてしまう。

「ん……うぅ」

「エルネスタ、息を吐くんだ」

そう言われてようやく彼女は呼吸を取り戻し、同時に体の強張りも解けてきた。

「そうだよ、それでいい」

彼は、最も狭い蜜路を通り抜けるまではゆっくりと進んできた。

みちみちときしむような感触の後、ぬぷんと収まる感じがしたが、それでもまだ全て挿入ってはいないと思う。

「必死に衝動を抑えてる。きみの体を傷めたくない」

「アレクシス様……」

わたしは大丈夫ですと言いたかったが、息が切れて話せない。

その代わりに彼の背中に両手を回して抱きしめた。

エルネスタの中で彼がまた膨張し、彼女の胎内を圧迫したが苦痛はなかった。彼の妨げにならないように、エルネスタはさらに足を開いた。

うっ、と彼が呻く。

「だけど、エルネスタ……もう無理だ」

彼は口惜し気にそう言うと、腰をぐいと入れてきた。

「あ……っ」

蜜洞がさらに押し広げられ、最奥を突かれる。

完全に下肢が密着して彼の全てを呑み込んだと思う。

じんわりと熱く痺れる蜜襞が、彼を迎えて戦慄《わなな》いている。

「エルネスタ、なぜ煽《あお》るんだ。私はあの夜の自分の仕打ちを打ち消すために、できる限りやさしくきみを抱きたいのに」

「アレクシス様――」

彼の気持ちはわかるが、エルネスタは違う。

「わたしにとってはあれも大切な、かけがえのない夜なのです」

だから消さないでほしい。彼の記憶から消えてしまうのは悲しい。

後悔なんかしてほしくないのだ。

「かわいいことを言うね」

彼はそう言うと、エルネスタの肩に顔をうずめた。自然と結合が深くなる。

「……ぁっ」

彼はもう躊躇《ちゅうちょ》なく挿入《はい》ってきて、最奥を突きあげては引いた。エルネスタは激しく揺さぶられたが、幸福だった。あの時は生涯一度の、神がくれた奇跡の一夜だったが、今は互いに自らの意志で愛し合っているのだ。

そのことが嬉しくて、エルネスタは泣いてしまった。

「好きだよ。こんなふうに汚してはいけないと思いながら、ずっとこうしたかった」

「アレクシス様……」

すると、彼が動きを止めてエルネスタの涙を指で拭った。

「待ってくれ。これ以上動くときみのなかで爆《は》ぜてしまう」

抑制した声、辛そうな表情がエルネスタにはとても愛しい。

「はい。……ください」

彼の全てが好きで、こうしているだけでも夢のようなのだ。エルネスタがそう答えると、彼女の内側でアレクシスがひときわ質量を増した。

彼は再び抜き挿しを繰り返す。

「あ……、ああ……っ」

彼は猛々しく子宮口を突き、引く時には肉襞を妖しくえぐっていく。エルネスタは背中を何度も反り上げ、その快感の波をこらえたが、次第に抽挿のリズムが早くなると、体を縦に貫く雷光のような衝撃を感じた。

「ひ……っ、あ――」

その瞬間、胎内の粘膜という粘膜が震えた。彼の肉棒にひたりと絡みついた蜜襞が彼を締め付け、下腹部がびくびくと痙攣《けいれん》して彼を促したのだ。

「エルネスタ――」

彼は呻くように言うと、一瞬その身を硬直させた。

――来る……

エルネスタの中に彼の劣情が噴き出したのがわかった。

彼は全てを吐ききるまで、エルネスタの内で脈動していた。それを受け止める幸福に、エルネスタの心はふわりと浮かんで飛んでいきそうになる。

——アレクシス様……！

エルネスタは愉悦に震えながら、全てを呑み込んだ。

激しい愛の交歓の後、彼の腕にぐったりと身を委ねて少しまどろむ。

彼のほうは、まだ足りないかのようにエルネスタの唇や額にキスを落としてきたが、やがて少し離れた小さなベッドでロイが泣きだした。

「あ……」

エルネスタが起きようとするのを制して、アレクシスが先にベッドから下りた。

そしてロイを抱いてこちらのベッドに連れてきてくれた。

エルネスタはガウンをはおってロイを受け取ったが、抱いて揺らしているうちにまた眠ってしまった。

「乳をやらなくていいのか？」

「はい。今は粥やスープも食べるようになったので、夜に起きてお乳を飲むことはほとんどないんです。わたしのお乳は張ってしまうんですけど——」

「じゃあ私がお裾分けしてもらっても問題なかったな」

アレクシスが冗談とも本気ともつかない声で言った。

「ここで寝かせよう」

と彼が言って、二人の間にロイを寝かせた。その柔らかな巻き毛を撫で、小さな手をそっと握りしめるアレクシスがまた愛しくてたまらない。

狭いベッドなので窮屈だが、こうして三人で身を寄せ合っていると、ようやく本当の家族になれたという気がした。

「落ちないでくださいね、アレクシス様」

「三人で眠れるベッドを特注しなくてはな」

冗談めかして彼は笑い、やがて真面目な声音になった。

「きみに苦労をかけた。ひとりでここまで大変だっただろう」

「ロイのことはわたしが自分で決めたんです。姉には反対されたけど――わたしはどうしても産みたかったので」

「ロイの父が私でよかった。ロイがきみの子ではないかなということはなんとなく思っていたけど、父親が誰かと考えた時、とても苦しかった。他の男だったなら私は失意のどん底に落ちるところだった」

彼がそう言ってくれて、エルネスタはほっとした。

勝手なことをしたと言われなくてよかった。

ロイを愛しいと思ってくれる、それがなにより嬉しい。

親子三人で並んでまどろむこの時間もかけがえのないものだ。

だが、彼はいつまでもここにはいられない。

「明け方に迎えがくる。本当は一日中だって一緒にいたいが。早晩、きみとロイを迎える準備をして出直すから。書店の存続もちゃんと考える」

「わたしはロイと一緒に暮らせるのですか？」

「もちろんだ」

エルネスタは胸を撫でおろした。ロイの出自が露呈した結果、アレクシスが喜んでくれたことは嬉しいが、ロイだけが王宮に連れて行かれるのではないかという不安もあった。

迎えてくれるというのがどういう形でなのかはわからないが、母子が一緒にいられるならどんな境遇でも耐えられると思う。

「ありがとうございます」

早朝に従者がやってきてアレクシスは暇を述べた。

彼は二年前とは違って、もう気軽にひとりで出歩ける身分ではなくなっていた。

ダナが言うように、王太子の健康状態はいまだ不安視されていて、アレクシスが王太子に準ずる扱いになってきたのは本当らしい。

「お気をつけて」

エルネスタが戸口で見送ると、彼はいったん出てから戻ってきて言った。

「ロイへの朝の挨拶を届けてくれ」

そして彼女の唇に軽い口づけをしたのだ。

その珍しくはしゃいだ仕草に微笑みながら、エルネスタは幸せを噛みしめていた。

第六章

　その日は定休日だというのに、ダナはいつもよりずっと早く起きてエルネスタにあれこれと尋ねてきた。

「じゃあロイちゃんのお父さんはアレクシス殿下だったというわけですね？　もしかしたらとは思ってたんです。でも殿下なら子どものことを知って放っとくはずないのになあと不思議でした。これからはロイ殿下とお呼びしなくちゃあ！　ロイちゃんは大出世ですね。……あたしは、最初はジャンさんだとばっかり思いましたけど」

「ジャンさんはあなたに興味津々じゃないの」

「そんなことないですよ。あたしなら簡単に言うことを聞くと思って舐めてるだけです。あの人おかしいんですよ！　去年、肖像画を頼まれて美女の絵を描いたそうなんですけど、どうしてもうまくいかなかったって言うんです」

　エルネスタもジャンの逸話はいくつも知っているが、それは初耳だった。

「うまくいかないってどういうこと？」

「大人しそうな美女なのに、悪魔みたいな形相になってしまったんですって。ジャンさんがどうがんばっても、いくら手を入れてもどんどん恐ろしい悪鬼の顔に——」

「どうしてそんな」

「結局仕事は台無しになってジャンさんは骨折り損だったんですけど、後でわかったことは、その女は美人局《つつもたせ》だったそうですよ。何人も男を騙《だま》して金を巻き上げたとか……本性が絵に出ちゃったってことですかね」

エルネスタは失笑した。お客の受難を笑ってはいけないが、いかにも彼らしい。

ダナが憤慨したように言った。

「商売と割り切って誰でも美人に描いたらいいんじゃないですか。どこまで偏屈なんだか。そんなことばっかりしてたら売れませんよね」

「正直な人なのよ。ほら……この絵なんてよく描けてるわ」

エルネスタはジャンのスケッチをもう一度取り出して見せた。確かに母子ではなくメイドが子守をしているように見えるが、それだけでなく、ダナがとても愛らしい純真な娘として表現されている。ダナは気恥ずかしそうにしていたが、まんざらでもない顔つきだ。

そこへ荷物がひとつ届いた。

「王宮からです」と言われ何事かと思ったが、アレクシスからだ。

「ロイちゃんの玩具ですね、きっと」

「でも昨日たくさんいただいたばかりよ」

「じゃあロイちゃんの肌着とか……」

そんなことを言いながら行李の蓋を開けると、薔薇色の絹地や白いレース、リネンなどが入っている。

「きれい……！」

「これを、アレクシス様がわたしに？」

中には書付がはいっていて、追って仕立て屋を寄越すから採寸してドレスを作るようにと書かれていた。

「きゃあ、すごい！　お嬢様のドレスになるってわけですね？　結婚の契りみたいな？」

「ち、違うでしょう。ダナ。わたしがずっと同じドレスばかりで同情してくださったのよ。でも受け取るわけにはいかないわ。それでなくてもお世話になっているのに」

「ロイちゃんのお父さんがお母さんにドレスを作ってあげるのになんの不思議もないですよ」

「だめだめ、もう見ないの。返すのが惜しくなるから」

「そんなあ……見るだけならただじゃないですか。もう少し見せてください」

そんな押し問答をしているうちに、新たな客がやってきた。

「アレクシス殿下からご注文をいただきました、仕立て屋でございます」

エルネスタは丁重に断ろうとしたが、仕立て屋は困惑して言うのだ。

「王宮からのご命令ですので、仕事をせずに帰るわけには参りません」

店主らしい男はアレクシスの紹介状を持っており、縫い子の女性二人を引き連れて店内に入ってきた。ダナが目を輝かせて彼らに届いたばかりの布を見せる。

「これでドレスを作るんでしょ？　うわああ、楽しみですねぇ」

「はい、確かにこの布で伺っております、一級品の素晴らしい絹でございますな。それでは採寸をさせてください」

「いえ、わたしにはもったいないです！　どうかお引き取りを……」

「とんでもございません。私どもの職務怠慢になって王子殿下からの信用を失ってしまいます。どうかそれだけはご勘弁を」

と、押し切られてしまった。

まず、縫い子のひとりが、アンダーチュニック一枚着ただけのエルネスタの体に、アレクシスが贈った布をトーガのようにまとわせた。

直裁断という手法で、大まかな形を作ってピンで仮止めしながらデザインを定めるのだ。

店主が用心深く襞を作ってはピンで固定し、たちまちドレスのシルエットが整えられた。

「こちらこのようにウエストを絞ります。そしてオーバースカートの端に、共布でこしらえました細いリボンをフリル状に、こういった形で縫い付けさせていただきます。胸元と袖にはレースをあしらいます。いかがでしょうか、お客様」

「は……はい、お任せします」

「襟ぐりのデザインですが、お客様は肩のラインと首筋が大変優美でいらっしゃいますから、デコルテを深く刳《く》りましてその美しさを最大限に生かしましょう」

「デコルテを深く……！」

そんなことをしたら胸のふくらみがはっきりと見えてしまうのではないだろうか。

確かに絵画に見る宮廷ファッションではそういったドレスは珍しくないが。

「そ、それは殿下と相談して――」

「お客様、殿下は私どもに一任なさいました。当店のドレスは宮廷に出しても決して他に引けを取りません。どうか、ご安心なさいませ」

エルネスタが宮廷に行くはずもないのに、いったいアレクシスはどういうつもりだろう。

「御髪《おぐし》とドレスの相性も見たいので、少し御髪を弄《いじ》らせていただきます」

店主はそう言うと縫い子にエルネスタの髪を結わせた。

未婚女性ということで通しているので、彼女はいつもは髪を下ろしていたのだ。

縫い子が手慣れた様子でふわりと結い上げたスタイルに、店主が唸った。

「やはり少しのことで変わりますなあ。これは楽しみだ……。いえ、私どもも全身全霊で最高のドレスを縫わせていただきますが、お客様に元々備わった美しさが私どものドレスによって引き出されるというのは仕立て屋冥利に尽きます」

仕立て屋というものは全く口が上手《うま》くて驚いた。

父はそういうお世辞は一切言わなかったから。

「お客様の艶《つや》やかな黒髪には白い宝飾が合いますので、耳飾りは極上の真珠がよろしいかと思います。肌も大変きめ細かくていらっしゃいますので、それを隠すのはもったいのうございます。手袋は是非レースのものをお選びください。私からそのように、アレクシス殿下に進言させていただきましょう」

「おやめください、そんなおねだりみたいなことは絶対になさいませんように」

こうして再三言い含めたが、仕立て屋が納得したかどうかはわからない。

その時、ダナがロイの子守の合間にこっそり覗きにきて、嬌声を上げた。

「……お嬢様、きれい……！」

するとと仕立て屋が得意げに言う。

「さすがお目が高い」

「ダナまで一緒になってやめてちょうだい」

とエルネスタが言うと、ダナがうっとりした眼差しで返した。

「本当です。男爵様のパーティーにいらしたお客さんの中でも、こんな素敵なドレスを着こなせる人は見たことがありませんよ」

「おっしゃるとおりです。お客様はお気づきではないでしょうが、私どもは誰よりも目が肥えていると自負しております。こう申しては大変失礼ですが、宝石商と同じように、原石を見出して磨き上げるという喜びも仕立て屋の密かな報酬なのでございます」

採寸が終わり、仕立て屋と縫い子にお茶を出したところ、そんなもてなしを受けたのは初めてだと喜び、そのついでに世間話をしていった。

「ここだけの話でございます。新宮殿が建立されました時に、王太子殿下とアレクシス殿下の間にはっきりと線引きがされ——つまり、殿下だけが新宮殿にお住まいになることを許されず、旧宮殿に取り残されてしまったのです」

「そんなひどい……」

「新宮殿には国王ご夫妻と王位継承権一位の王子とあるいはその正妃が居住するという王室典

範が発布されましてな。まあ、後ろに側近の進言があったとか。国王の世継ぎとそうでない者との格差を国民に対して見せつけ、余計な騒動の種を摘み取っておこうというお考えだったのでしょう」

「そうなんですか。何かお辛い事情があるとは聞いていましたが、そういうこととは知りませんでした」

あの頃のアレクシスはとても無口でほとんど笑わなかったたし、常連客が腫れ物に触るように接していたのもよくわかる。

彼がどんなに寂しかっただろうと思うと、エルネスタまで胸が締めつけられてしまう。

「今回、このようなご用命を承ったのも、今の殿下がとてもお幸せでいらっしゃるというお気持ちの表れでしょう。あなた様はどうかそれをためらわず、お受けなさいますように……おや、喋りすぎてしまいました。ではまた後ほど」

せっかくの休日がこれで半日潰れてしまい、ダナを休ませてやることもできなかった。

しかし、彼女は今日の経験がよほど楽しかったらしく、うきうきした様子で考え事をしていたかと思うと、突然言いだした。

「あっ、ジャンさんに今日みたいなドレスを描いてもらったらどうでしょうか。服を描くことに重点を置けば奇妙なことにならないと思うんですよね。それを刷ってファッションプレートとして売るんです」

「面白い考えだけど、お客様を働かせるわけにはいかないわね」

　エルネスタは笑い飛ばしたが、ダナはまだその思いつきにしがみついているようで、新しく仕入れたファッションプレートを見てあれこれ思い描いているようだ。

　やがてロイがぐずり出したので、エルネスタは奥の部屋までいってオムツを替え、昨日アレクシスが贈ってくれた玩具からガラガラをひとつ取り出して見せると、ロイは喜んでそれを掴んだ。音がするのが面白いようだ。そこへダナがやってきた。

「お嬢様、またお客様がいらっしゃいました。店主に会いたいっておっしゃってます。今日は休みなのによくお客さんが来ますね」

「わたしに？」

　エルネスタが出ていくと、身なりのいい五十歳くらいの紳士がいた。

「申し訳ございません。今日は当店はお休みしておりますが、どういったご用件でしょうか」

「アレクシス殿下がこちらの図書室を時々お使いになっていると聞きましたが、少し相談がございます。中を見せていただいてよろしいかな？」

　アレクシスからの紹介であれば、休日でも仕方ない。

「どうぞゆっくりご覧ください」

ところが、彼は店内を軽く一巡しただけで、すぐ戻ってきた。

「その――殿下はふだんどのような書物をお好みかご存じではないですか?」

「え?」

「王室図書館よりこちらを好まれるのは、独特の品揃えということがあるのでしょうな? それをお聞かせ願いたいのです」

すると、このお客は王室図書館を管理しているのだろうか。もしそうなら、アレクシス王子殿下が図書館より市井の小さな書店を愛用することは彼らにとって不名誉だろう。殿下の好みを知って図書館をより充実させたいと思うのは当然だ。

「王室図書館なら完璧だと思いますので、こちらから申し上げるようなことはございません」

「しかし……」

「殿下は庶民の空気を味わっておられるのだと思います」

「庶民の空気――」

その時、奥の部屋でダナがロイをあやす声が聞こえた。ダナが玩具を扱い、ロイを喜ばせているのだろう。

「このようなにぎやかな場所で、ということですかな」

「申し訳ございません。お客様のお邪魔にならないよう、ふだんは気をつけております」

「あなたのお子さんですか」

それについては、いくらお客相手でも答える義務はないだろう。

エルネスタははぐらかした。

「とにかく、蔵書についてわたしどもからご助言するなどとんでもないことでございます。お役に立てずに申し訳ございません」

「それは困りましたな」

「どうかなさいましたか？」

「実は、殿下に祝いの品をお選びしたいのだが、殿下は近年は宗教に偏らず国政、経済、農業と満遍なく学んでおられて、特にお喜びになる分野がわからないのです。それで少しでも手掛かりをと思いましてな」

「お祝いの品――」

エルネスタは昨日の今日で、と一瞬思ってしまったが、まさかロイのことではないだろうとすぐに思い直した。

「どういったお祝いでございますか」

「ご存じなかったですか？　殿下は近々、ご結婚なさいます。それも昔から王家と約束を取り交わしていた侯爵令嬢とのご縁談が進んでおりましてな」

エルネスタは息が止まりそうになった。

――結婚……侯爵令嬢……！

「図書館から献上させていただくとしたら、殿下の最もお喜びになる書物を見つけ出し、どれほど高額であっても手に入れることがいちばんかと。ですが、どうかこのことは殿下にはご内密にお願いします。密かに準備を進めたいのです」

その後は、彼が何を言っているのかよく理解できなかった。アレクシスの結婚という言葉の衝撃を顔に出すまいと努めるだけでせいいっぱいだった。

「お役に立てず、申し訳ございません」

エルネスタはその客を見送ると、腰が抜けそうになった。

アレクシスに縁談があったなんて。

そんな話があるようなそぶりは全く見せていなかったのに。

彼はロイのことを喜んでくれていたのに。

もちろん、エルネスタ自身が彼の正妃になれるなんて思ってはいない。

ただ、ロイを認知してくれるらしいし、そして彼の言葉によれば、ロイをエルネスタは引き離されることはないということ――それがどういう状態なのか漠然としかわからないが、少なくともエルネスタ自身は王宮の輝かしい世界に立つことはないと思っている。

今朝やってきた仕立て屋はエルネスタを磨かれざる原石と褒めそやし、遠回しにアレクシスの厚意を受けるようにとまで言っていた。それを全て真に受けるつもりはないが、その時の少し浮ついた気分から、真っ逆さまに転落していくのを感じる。

――アレクシス様が結婚……。

ロイの存在は隠し通せないとしても、自分は王子妃殿下の目に触れぬよう遠ざけられるだろう。

いや、そんなことじゃない。エルネスタの心が重い理由は他にある。

彼が他の女性を愛《め》で、甘い言葉を囁き、あの美しい瞳で見つめるのを想像すると胸が張り裂けそうになるのだ。

――嫉妬するなんて……。

彼は太陽だと思えばいいのだ。自分が太陽の光を浴びて幸福だからといって、他の人に等しくその光が降り注がれても嫉妬などしない。

「お嬢様、ロイちゃんをお散歩に連れていきますね」

エルネスタははっとした。

どんな状況であろうと、自分はロイを守っていくのだ。

「お願いね。それから――ダナ、ファッションプレートの話、考えてみましょうか」

「本当ですか？　ありがとうございます！　ジャンさんに相談してみます」

「ジャンさんにちゃんと手間賃をお支払いして、最初は赤字かもしれないけど、いずれは利益が出るようにがんばりましょう。今日はロイを連れて本の仕入れに行ってみるわ」

その日から、エルネスタは自分を励まし、叱咤《しった》するように、そして不安をかき消すように忙しく働いた。

＊　＊　＊

「僕を当てにしてくれて嬉しいよ」

その午後早速、ダナがジャンに相談すると、彼は嬉しそうに言った。

「モデルはいないので、怪物も鬼女も描かなくていいですからね。それで、代金のことなんですけど――」

「水臭いなあ、ダナ。そんなこと気にしなくていいよ。僕がもっと若い時にエルネスタの親父《おやじ》さんから『知性の施し』を受けていたことはみんなも知っている。恩を返さなくちゃ」

エルネスタはその二人の会話に口を挟んだ。

ジャンは明らかにダナが気に入っているようで、子持ちであろうとおかまいなしにちょっかいを出してくるから、そこのところは気をつけなくてはならない。

「そういうわけにはいきません。これは商売なので、ジャンさんのご厚意を当てにしていたら、ジャンさんの気が変わった時にわたしたちの仕事が成立しなくなってしまいます」

「なるほど、確かにそうだ。じゃあこうしようか」

彼の申し出は、報酬はリルーシュ書店の会員費と相殺するということだった。一年分先払いできるのはよほど裕福な客で、ジャンのような若者やまだ日の目を見ない芸術家は一ヶ月ごとの支払いが多い。

「それだとエルネスタの懐《ふところ》も痛まないし、僕も助かる。もちろん、他の高貴なお客さんの邪魔は決してしないと約束するよ」

「わかりました。それでお願いします」

その週のうちにジャンがカルトンを持ってやってきた。

「まあ、せっかくだからダナやエルネスタをモデルに描かせてもらうよ」

ジャンは早速デッサンを始めた。エルネスタは、父が使っていた道具の手入れもすませて準備万端だ。

「そうそう、お嬢様。この間のドレスを着てみませんか、せっかく作ったのに寝かせておく手はないですよ。あれならファッションプレートにぴったりです」

ダナが言っているのは、アレクシスがようやくロイの父だとわかった翌日に彼が贈ってくれたものだ。あの強引な訪問の数日後、店主は仕上がったドレスを持ってきた。

通常、半月はかかるところを、王室の注文なので最優先で縫ったということだ。

「エルネスタを描いても怪物にならないことはもう保証済みだから、どうかダナの言うことを聞いてやってよ。僕もそのほうがわかりやすいし」

ジャンの後押しもあり、エルネスタは恐る恐る袖を通してみた。

胸当て部分のボディスは白いサテンに細かいプリーツが寄せてあり、三段フリルのアンダースカートへと繋がっている。

その上に薔薇色のサテンで仕立てられたガウンとオーバースカートを重ねるのだが、光沢のある美しい絹サテンの衿から前身頃へと繊細なフリルが縫い付けてあり、胸元と袖口、そして髪飾りにも同じ薔薇色のリボンがアクセントとしてあしらわれていた。

仕立て屋が予告したとおりのデザインだが、想像を超える美しいドレスだ。

肘丈の細い袖には広幅の白いレースが三枚重ねになっていて、腕を動かすたびにレースが涼し気に揺れる。白いレースにピンクのリボンを縫いつけた髪飾りは、エルネスタの黒髪にとてもよく映えた。共布のピンクのリボンのチョーカー、そしてアレクシスに本当に進言したのか、真珠のイヤリング、レースの手袋まで添えられていた。

身にまとうだけで本当に貴族の令嬢になったような錯覚に陥る。

「お嬢様っ。素敵です！　そのまま王宮を散歩してもいいんじゃないですか？」

「ダナったら。――ジャンさん、これでファッション画は描けます？」

「もちろん。これから殿下にどんどん貢いでもらうといいんだけど」

――「貢いでもらう」なんて……。

ジャンの軽口には時折痛烈な皮肉が混じっているから怖い。

「今わたしはお金儲けのことを考えているので顔はスケッチしないでくださいね」

と、珍しくエルネスタも言い返すと、ジャンが噴き出した。

「冗談だよ。ファッションプレート一枚にこんなドレスをあつらえていたら赤字になっちゃうだろう。お金儲けを考えるなら、僕なら公園に行ってくるね。そこならお洒落《しゃれ》をした女性がたくさんいるし」

全く彼には口では勝てない。ダナが二人のやりとりを笑って見ている。

「楽しみです！　売れるといいですね……あたし、いろんな町へ売りに行ってもいいですよ。それから、色を塗るのは任せてください」

「いいね。持ち帰って仲間にも手伝わせればいいペースで仕上がりそうだ」

エルネスタは彼を父の工房だった奥の間に案内した。

部屋の半分はロイの遊び場にして、この間のような事故が起こらないように作業場とロイの居場所を分けるよう、柵を作るつもりだ。


一方、アレクシスはこの頃、昼間に来店することはほとんどなく、来ても短時間で去っていく。彼は公務があるのだから忙しいのは当然だが、先日聞いた縁談のことが関わっているような気もする。

そのお客には内密にと言われたこともあって、アレクシスには訊けないでいる。

ある晩、閉店の後に彼が来たが、ロイはもう眠っていた。

エルネスタは、ジャンが仕上げたファッションプレートを彼に見せた。

「あの……素晴らしいドレスを仕立ててくださってありがとうございます。なかなかお見せするタイミングがなかったので、代わりにこれをご覧ください」

「へえ……」

アレクシスはしばらくその絵に見入っていたが、だんだん彼の表情が翳《かげ》ってきた。勝手に着てはいけなかったのかしら、とエルネスタは不安になる。

「アレクシス様……似合いませんでしたか？」

「いや、とても似合う。私がきみのために見立てたのだから間違いないさ。だが、実物を見たかったな、誰より先に」

「……申し訳ありません！　あの、でも、ファッションプレートの題材のためで……すぐに脱ぎました。汚してもいませんし——」

「そういうことじゃなくて、ジャンが先に見たというのがちょっと面白くない。あれは互いの想いが通じた上で愛し合ったという証にきみに贈ったものなんだ」

「お気に障りましたか……本当にすみません」

　エルネスタには、彼がどういう意味をこめて贈ってくれたものなのかを今になって理解した。酩酊の末の過ちではなく、事実上の初夜の祝いのようなものらしい。

「いや、そこまで謝らなくていい。私もあまりこちらに来る時間がなかったから悪いんだ」

「今日もわざわざロイの顔を見にきてくださったのにごめんなさい」

　と言うと、彼は心外な顔をした。

「ロイもだが、きみの顔を見たくてね。それも間もなく終わりだ」

「……えっ？」

　エルネスタは驚いて彼を見上げた。

　アレクシスがもう会いにきてくれなくなる、ということだろうか。考えなしに彼の贈り物のドレスを着て、他の男の目に晒《さら》したから——。

「そんな顔をしないでくれ。お茶を淹れてくれないか。ゆっくり話そう」

そうは言われても、手が震えてうまくできない。

「エルネスタ。今日のジャムは何？」

彼女の背後から肩越しに、アレクシスが屈託なく話しかけてくる。

「アプリコットです」

「きみの心づくしのジャムとお茶は最高だ。こんなに美味しいお茶は王宮でも飲めない……どうしたんだ？」

「でも、これももう最後なのですよね？」

「どういうこと？」

「殿下とお別れなのでしょう？　でもどうかロイだけは取り上げないでください」

「エルネスタ。何を言っているのかわからない。私はきみとロイを迎えにくると言ったはずだ。それから少し時間が経ってしまったけど」

「迎えに……？」

「そうだ。王宮に来てほしい。私の宮殿には図書室があるから、きみが自由に使っていい。望むなら本の並びも同じにしよう」

「どういう意味でしょうか」

「昔のように身軽に出歩けないから、できればきみは宮廷内にいてほしいんだ。そうすればいつでも護衛なしで会いに行ける」

エルネスタは混乱した。彼はエルネスタに宮廷内に住んでくれと言っているらしい。

「宮廷内で何をすればいいのですか？」

「何もしなくていいが、手持ち無沙汰なら図書室でサロンを開いてもいい。だが当分は誰も来ないほうがきみも落ち着くだろう」

「では、こちらは誰が切り盛りするのですか」

「エルネスタ。きみはもう無理して働かなくていいんだ。何不自由のない暮らしができるし、ロイの将来を案じなくてもいい」

エルネスタは振り向いて、アレクシスを見た。

「どうしてそんなことをおっしゃるのですか？」

彼女はアレクシスの瞳をまっすぐに見つめた。薄暗いキッチンでも、彼の目は煌々《こうこう》と輝いている。そんなふうに凝視するのは失礼だと思うが、彼の本心が知りたいのだ。

彼は一瞬、視線を逸らした。

なにか後ろ暗いことでもあるみたいに。

侯爵令嬢との結婚話が進んでいる中で、ロイとエルネスタを囲うということへの呵責《かしやく》だろうか。それはエルネスタにとってはつらいことだが、兄君の王太子殿下が病弱とあっては当然のことだ。エルネスタは宮廷の敷地内に用意された館で彼を待ち続けることになるのだろう。

だが、やがて彼は高貴な生まれの正妃に夢中になり、エルネスタは妾《めかけ》の館で忘れ去られる。

そこには常連のお客もいないし、自分の役割もない。

それはなんという寂しい人生だろうか。

「……わたしはリルーシュ書店の店主です。みなさんから出資していただいているのに放り出すようなことはできません」

「エルネスタ……出資の件は——」

彼はそう言った後、何か言いよどんだ。

「アレクシス様。どうかお願いです。せめて負債を返し終わるまではお待ちください」

「それはいつ？　いつまで私は待てばいいんだ？」

「それについては代書人をしているお客様に相談してみます。ポルカ神父もジャンさんもよく知らないとおっしゃるので。……でも殿下がいちばんよくご存じですよね？」

アレクシスは目を伏せた。

「アレクシス様、教えてください」

「大した額じゃない。きみから取り立てようとも思っていない。本心を言えば、ここに出入りする男たちがきみに馴れ馴れしくするのを見るのは嫌だし、私がいない時に何が起こっているか考えるのも面白くない。だから手元にきみを引き寄せたいんだ」

「アレクシス様……？」

「――エルネスタ、私の妻になってくれ」

――妻……！

エルネスタは言葉も返せなかった。市井の男性が相手なら、純粋に求婚されたのだと思うし、喜ぶべきことだ。しかし、あまりにも身分違いだ。

「そんな困った顔をしないでくれ」

彼は切なげにそう言うと、エルネスタに顔を近づけてきた。

手のひらで頬に触れ、もう一方の腕は彼女の腰に回された。

少し荒っぽい口づけをして、それからきつく抱きしめられた。

「ア……レクシス、さま――待っ――」

「エルネスタ」

エルネスタは彼の腕に完全に閉じ込められ、お茶を淹れるどころではなくなった。

唇をむさぼった後、彼は頬へと唇をずらし、それからエルネスタの耳を柔らかく食んだ。

「ひゃ……ん」

ぞくっと悪寒がして身をすくめたが、彼はまだ逃がしてはくれない。

彼の舌が耳の内側へと入ってきた。その瞬間、エルネスタの腰の辺りが疼いた。

なぜか、今日の彼はちょっと激しい。野性的な息遣いが耳元をかすめるのでぞくぞくしてしまう。彼はエルネスタのボディスの紐《ひも》を勝手にほどいた。

くるりと体を前に向けられ、ボディスを剥ぎ取られる。

胸を締め付けていたのがふっと緩み、弾む乳房を彼の手が包む。

「あ……」

背中に彼の胸板が密着した状態で、後ろから胸を弄られ、耳を食まれていると、ひどく艶《なま》めかしい気持ちになってしまう。

彼女は細いうなじを反らし、天を仰ぐ格好で熱い吐息を放った。

耳の中まで犯されていくようで、どんなに抑えようとしても、甘い声が出てしまう。

「う、うん……、いや……っ、ぁあ」

「毎日、一日中きみのことを考えている。ずっと触れていたいのに、きみは私だけのものになってくれないんだな」

「そんな……ちが……」

「きみが私のことを嫌いならやめる。だけど――」

彼はそう言って、エルネスタのドレスの裾を引き上げて手を差し入れてきた。

「あ……っ」

宮廷のドレスのような重い衣装ではないから簡単に触れられてしまう。肌着と長靴下を紐で結んであるのを、彼の指が器用に解いてしまい、解かれたほうの靴下がするするとエルネスタの足を滑り落ちた。彼は内腿に触れ、それからさらに奥へと指を潜らせる。

「は……ぁあ」

「ほら、濡れてる」

彼にそう言われて、エルネスタは死にたいほど恥ずかしかった。

彼女は今でもアレクシスを手の届かない存在と思っているのに、肉体はもっと近く、もっと触れてほしいと感じている。

彼もまた、エルネスタを聖域のような存在と言うのに、こうして踏み入ってくる。

「きみのここが私の指をしっとりと呑み込んで、花の蜜で満たしてくれる限り、私はきみに触れるし、きみと繋がるよ」

「アレクシス様……」

彼はエルネスタの蜜洞に指を挿し入れて、くちゅくちゅと淫らな音をさせながら、彼女のうなじに唇を這わせた。背筋が少し粟立《あわだ》つような感覚に彼女は軽く身を震わせる。

そのはずみで彼女の肩からドレスが滑り落ち、アレクシスの手で全て取り払われてしまった。

「ああもうたまらない――」

一糸まとわぬ姿となったエルネスタの白い肌に、アレクシスが自分の徴《しるし》をつけていく。首筋に、肩に、腕に――強く吸われるたびに、彼女は甘く啼いてしまう。

「あ、んん」

「みだりに他の男に肌を見せてはだめだよ」

「は、い……っ、ぁあ」

首筋の高い位置に鬱血の痕を残され、服を着ても見えてしまうのではないかと心配になる。

そんな心を覗いたかのようにアレクシスが言った。

「明日は衿の高いものを着るんだよ。他の男に晒さないように」

ああ、それが彼の魂胆なのだと気がつく。

――わたしだってつけられるならつけたいのに。

彼が妃となる女性に、いずれそのたくましい体を見せるのだと思うと悲しい。

同じ王宮の中で、そんなことが起きていると想像するのは生き地獄だろう。

「あっ」

エルネスタの秘洞を彼の指がぐるりと抉った。甘い痺れが生まれて背筋を駆け抜ける。彼女はピクンとつま先立ち、一瞬体を硬直させた。

「ここがいいんだね」

彼はそう言って、まるで敵の弱点を見つけたみたいに二度、三度とそこを責めてくるので、エルネスタはあられもなく身をよじって、淫らな快感に酔いしれるしかなかった。

「あ、あ、ひぃあ……っ」

彼の指が暴れるたびにエルネスタの中からどんどん愛の雫が溢れてきて、内腿を伝い落ちる。ぐちゅ、ぐちゅ、と彼女の媚肉がいかがわしい水音を立てていて、耳を覆いたくなる。

「アレクシス様……お願いですから……もう――」

もうやめてと言いたいのに、彼はそれを遮るように言うのだ。

「もう挿入《はい》ってもいいか？」

その潤んだ妖艶な声音は、もう一時《ひととき》も待てないと言っているようだった。

彼の荒ぶる息づかいが耳をくすぐり、その長い指が蜜洞からするりと抜ける際にエルネスタの感じやすい部分をかすめていった。

彼女は激しく痙攣し、もう立っていられなくなった。崩れそうになる体をアレクシスの手が背後から回って支える。

「ああ」

エルネスタは両手を調理台について背を仰け反らせた。次の瞬間、硬く猛《たけ》ったものが媚肉を割って突き入ってきた。

「あ……っ」

ぐっしょりと濡れた蜜壺だったが、それでも彼の肉棒には狭いようで、強烈な圧迫感が迫《せ》り上がってくる。

「く……う、ううん」

ぬぷ、ずぶと深度を極めていきながら、彼の手はエルネスタの乳房と下腹部を抱え、自分の雄芯に向けてぐっと引き寄せた。

「あああっ」

開拓されたばかりの官能のボタンをかり首で突かれ、彼女の瞼が虹色に輝く。ぞくぞくとした、悪寒にも似た感覚と締め付けるような快感が同時に襲ってきて全身を駆け巡っていく。

「ああん、だめ……おかしく……なっちゃう」

「もっと乱れて……私にしか見せない顔を見せてくれ」

彼はそう囁くと、最奥まで一気に突き上げた。

「あ――っ」

下腹が調理台に触れて冷たいのに、全身が熱く火照っている。エルネスタが意識してそうしているわけではないのに、彼女の中で蜜襞がぜん動し、アレクシスを締め付けてしまう。

「うっ、エルネスタ……キツい……」

「ああ、ご、ごめんなさい……アレクシス……様」

「最高に気持ちいいよ」

そう言いながら彼はエルネスタの臀部から自分の恥骨を引《ひ》き剥《は》がすように後退した。びりびりと痺れるような愉悦に、彼女は悲鳴を上げる。

「いい声だ、もっと聞かせてくれ」

そして彼は再び突き上げる。

「はっ、ぁあ……っ、ぁあん」

あまりの快感に、生理的な涙で目が潤み、声も湿って上ずってしまった。無意識に腰を揺らし、彼をもっと深く受け止める。繰り返される抽挿のリズムは次第に速くなり、エルネスタのよがる声も息絶え絶えになっていく。アレクシスの呼吸音にも余裕がなくなってきた。

「もう、……だめ……だめぇ。来ちゃう……来ちゃう――！」

「エルネスタ……達くよ」

彼女の体を抱く腕に力がいっそうこもる。抱え込んだまま、彼の肉体が一瞬硬直するのがわかった。その次の瞬間、胎内で灼熱《しゃくねつ》がぐぷんと膨れ、白濁を解き放つ。

「アレクシス様――っ」

官能の極み、幸福の高みに上り詰め、エルネスタは泣いていた。

彼の劣情に満たされ、法悦感に気を遣《や》り、エルネスタはぐったりと彼の腕の中に崩れた。

第七章

翌日の午後、ポルカ神父が立ち寄って、エルネスタが作った祈りの小冊子を買ってくれた。彩色した図版があるので子どもや文字の読めない人に教えるのに重宝なのだそうだ。

エルネスタが代金を辞退しようとした時、神父がふと彼女の顔を見て言った。

「おや、どうしました。元気がありませんね？」

「いつもどおりですわ。ダナを見慣れたから、そのように見えるのだと思います」

エルネスタは内心ドキドキした。神父は人をよく見ている。

だから、彼女とアレクシスの関係についても何か気づいているのかもしれない。それとも、先日ジャンから、ロイが『罪を背負って生まれた』などと言われたことを見過ごせないと思っているのかも。

「もしかして、ロイのことを気にかけてくださっているのですか？」

「そうですな。父親を見つけて認知させられるのであれば……私も何事かお手伝いしますが、相手はごねておるのですかな？」

「……相手……？」

まるで、ロイの父がどこにいるのか知っているような口ぶりだ。神父は小声で言った。

「みんな、気づいておる。この間、ロイがブルーベリーを食べたのを毒草と間違えたそうですな。近所の人がみな、エルネスタはまるで母親のように動転していたと言っておった」

やはりあの一件で、もうごまかしきれなくなってしまっていた。

エルネスタは頭を下げた。

「――はい。ダナに罪を擦り付けたことをお許しください」

「あなたから強要したのではなかろう。そういう人でないのはわかっている。しかし、いつまでもそうやっておくわけにもいくまい？　ロイのためにもダナの将来のためにも――」

「ダナの将来……」

「たとえばの話。ダナに好意を寄せる男ができたら――」

「はい！　その時にはそのお相手の方に何もかも話して、ダナの潔白を証明します」

「まあそれはまだ先のこととして、ロイの父はこのままあなた方を放っておくつもりですかな。誰とは訊きませんが」

神父はどこまで察しているのだろうか。

「本当はここに戻ってきたことを、少し後悔しています。ロイの父親の近くにいられれば、それでいいと思っていたわたしが浅はかでした。一緒になれないとわかっていて傍にいるのは辛いものだって、今になってわかったんです。でも、みなさんの出資で取り戻したこのお店をまた手放すわけにはいかないし、わたし自身が愛着を持っていて……何もかもを手元に置いておきたいなんて、わたしは強欲なのですね」

「家族が共にあり、家を守る——決して強欲だとは思いませんよ。あたりまえの幸せです」

神父はそれからエルネスタの顔を見つめ、静かに言った。

「みんなの出資と言っても、それぞれ気に入りの本や暦《こよみ》を買っただけで、滞納していた家賃はアレクシス殿下がひとりで支払われたのだと思う。私たちにとってもここがなくなるのは無念だが、一番求めていたのは——」

「わかっています。殿下はわたしに同情してくださったのです」

「同情だけではないでしょう。殿下もまた孤独な立場にあって、寄り添う家族を必要としておられるはずです」

「神父様……?」

あまりに思わせぶりな物言いに、エルネスタの動悸が激しくなってきた。

崖っぷちに追い詰められたような心地に、ただただ目を伏せていると、神父は言った。

「責めておるのではない。……あなたはロイの父親を愛しているのですな？」

神父が誰を指して言っているのかは曖昧にしていたが、その質問にだけは、彼女はなんのためらいもなく答えることができた。

「はい、愛しています。ですから誰に反対されてもロイを産もうとひとりで決めました。姦淫《かんいん》の子と揶揄《やゆ》されても、白い目で見られても、大切な宝物ですから」

よろしい、と言って、神父は帰っていった。

＊　＊　＊

ファッションプレートの思いつきは当たって、通り沿いに売り台を出して商品を並べていくと通りすがりの女性が夢中で見入っては競うように買っていく。

ダナがそのお客をさばいている時、以前何度か通ったあの女性客がやってきた。

「お客様、お待ちしてましたよ！　どうぞ中へ」

取り置きしてあった分を渡すために、ダナが彼女を店に入るよう促した。相変わらずその貴婦人自体がファッションプレートから飛び出したような美しさだ。

エルネスタは彼女を迎え入れて言う。

「何度もすみませんでした。いつかまたいらっしゃると思って、ファッションプレートを何枚か保管していました。お気に召したものがあれば……どうぞ」

「見せていただくわ。でも今日は別の用で来ましたの。……このお店はまるで小さな王宮のサロンだと評判ですのよ。それで、わたくしも契約させていただきたくて」

そんな噂が本当だとすれば、きっとアレクシスのおかげだ。

彼が王室の気高い雰囲気をもたらし、自然に品格あるお客を呼び寄せているに違いない。

「ありがとうございます！　お待ちくださいね。契約書類を書いていただかなくてはなりませんので」

その女性客に店の決まり事を説明し、契約書を書いてもらっている間、ロイは奥の部屋に寝かせていた。

ダナは表の売り台にかかりきりで、エルネスタは貴婦人の相手をしていた。

その時、ロイの部屋で微《かす》かな物音が聞こえた。

貴婦人に書類を書いてもらっている間に様子を見に行こうと思ったが、「少しお尋ねしていいかしら」とそのお客に呼び止められた。

「はい、なんでございましょう」

「年間契約の場合、月の途中からだと料金はどうなりますか？」

「その場合は翌月から料金を頂きまして……」

こんな具合で、彼女はリルーシュ書店の利用規約を熱心に聞き、細かい点について質問を繰り返した。

書類を書くのも慎重で、「ここはこうでよろしいの？」と何度も尋ねて、美しい文字で丁寧に仕上げていた。

貴婦人というのはこのように何事もゆったりと行動するのだろう。

つい最近、アレクシスがこの女性の後ろ姿をじっと見つめていたことがあった。

香水がきついと言っていたが、エルネスタはそうは思わない。ほのかに香るのはスウィートマジョラムの上品な匂いで、決して強すぎるわけではない。そんなわずかな残り香まで、アレクシスは気にしていた。

この女性は宮廷にも出入りしているような貴婦人なのだろう。

同類の匂いがするから、アレクシスは気にかけていたのではないだろうか。

そう思うと、エルネスタの胸に切ない感情が溢れた。

「これでよろしいかしら」

「はい、ありがとうございます」

エルネスタは客の側から離れるわけにはいかずに気を揉んだが、ロイはいたって静かだ。

「では来週からお邪魔するわ」

「お待ちしております」

ようやくエルネスタは女性客を見送り、急いでロイの寝ている部屋へ行ったがベッドはもぬけの殻《から》だった。

「……ロイ？」

エルネスタは慌てて店の入り口まで戻り、ダナに言った。

「ダナ、ロイを二階に連れていった？」

「いいえ、あたしはずっとここにいましたから。奥の部屋で寝てるはずですよ」

「でも、いないのよ」

「ええっ？」

まさかとは思うが、エルネスタは二階に上がり、寝室もロイ用の小さなベッドも、ダナの小部屋も見たがどこにもいない。

「ロイ！　どこなの？」

——つかまり立ちがやっとで、まだ歩けないのに。

自分でハイハイしてどこかへ行ったのだろうか。

念のために窓を開けて階下や庭を見下ろす。転落した様子はなかった。

と、その時、路地の奥から赤ん坊の泣き声が聞こえた。

「……ロイ！」

エルネスタは必死に声のした方を見た。小路を人影が駆けていく。脇に黒い包みか何かを抱えており、泣き声はその辺りから聞こえる。

彼女は階段を駆け下りた。

「ロイが掠《さら》われたわ！　裏の道を誰かが走っていったの」

死んでも取り戻す。ロイを見失ったら絶望だ。

彼女は路地裏を走った。

生まれ育った場所だから、込み入った路地でもどこに繋がっているかわかる。

彼女は命がけで、ドレスの裾がまとわりついてもかまわず走った。スレートの壁沿いにできた狭い階段を下り、角を曲がった時、まだその男の姿を確認できた。赤ん坊の泣き声がエルネスタの心臓を穿《うが》った。

「ロイ！　お願い、ロイを返してえっ」

人がすれ違うのもやっとという狭い路地は、三百年前に埋め立てられた地下の街の入り口と繋がっている。

この辺りの地下には昔、下層の人々が住んでいたが、疫病が流行《はや》ったために封鎖された。その一部は史跡として残っているというが、この街で生まれ育ったエルネスタも足を踏み入れたことがない。そんな所に逃げ込まれたら、探すのは困難を極めてしまう。

三叉路《さんさろ》のある狭い空間に出た時、エルネスタは思い切って抜け道を選んで進んだ。ロイの泣き声が聞こえる限り、見失うことはないと思ったのだ。

彼女の勘は当たり、とうとう地下の入り口で敵に追いついた。

全力以上の力で走り続けたのと恐怖と緊張で吐きそうだったが、物陰で敵を待ち伏せ、その男が姿を現した瞬間、その足にすがりついた。

「うわっ、離せ！」

黒づくめの衣の男は——顔も覆面で隠しているが、上背と声の太さから男だろう——黒い布に包んだ荷物を抱えており、その中から赤子の泣き声が聞こえる。

——ロイだ。ロイの声に間違いない。

「お願いします、お金が目的ならいくらでもお支払いしますから！　その子を返して！　お願いします。一生かけてもお払いしますから、どうか、どうかその子だけは——なんの後ろ盾もない赤ん坊です！　わたしの命なんです！」

男は足を振り払うようにしたが、エルネスタは男の足に組み付いたまま、懇願した。たとえ蹴り殺されても絶対に離すまいと決めていた。

「離さないとこいつを殺すぞ」

エルネスタは悲鳴を上げた。男が片方の手にナイフを持って振り上げていた。

「あああああっ……ロイ――――！」

その時、ガツッと硬い音がして、ナイフが路地に転がった。

「うぉっ」

男が呻いて体勢を崩し、そのはずみで彼の腕から赤子の包みが落ちかかった。

エルネスタは懸命に両腕を伸ばした。

絶対に傷つけないと念じながらその包みを受け止め、抱きしめる。

――ああ、神様……！

ありがたいことに、誰かが石を投げて犯人の動きを止めてくれた。

おそらくそれは男の手に命中したのだろう。

――ナイフは……？

「このいまいましい女め！」

エルネスタの襟首が乱暴に掴まれた。

「いやあっ」

彼女は赤子を奪い返されないように必死にうずくまって守った。

視界の端に、落ちたナイフが見える。男がそれを拾おうと手を伸ばす。

今度こそ殺される——と思った時、救いの声が聞こえた。

「エルネスタ！」

アレクシスが男に掴みかかった。折しも男はナイフを拾って掴み直したところだったが、男が身を起こした瞬間、その顎にアレクシスが膝蹴りの一撃を見舞う。

「ギャッ」

「アレクシス様……！」

「ちくしょう！」

男は立ち上がり、今度はアレクシスに襲いかかってきた。

エルネスタが叫ぶ。

「ナイフを持ってます、気をつけて！」

アレクシスはその男の手を蹴り上げ、再び武器を跳ね飛ばす。よろけた男の首筋に肘鉄を一発かましたところで、ほぼ決着がついた。

男は石壁に叩きつけられ、ずるずると崩れ落ちる。

「アレクシス様！」

彼は誘拐犯の覆面を乱暴に剥ぎ取った。

鼻と口から血を流していてエルネスタは見るのも恐ろしかった。

「知らない顔だな。きみはけがはないか？　ロイは？」

エルネスタが震える手で包みをほどく。

早く解いてあげないと窒息してしまうかもしれない。

「うわぁあん、あああああん」

黒い包みから柔らかな髪をした幼子が現れ、泣き叫ぶ。

元気な泣き声だ。そして間違いなくわが子だ。

「ロイ……よかった！　よかった……」

いくら気絶しているとはいえ、恐ろしい誘拐犯から少しでも遠ざかりたいと、ロイを抱いて立ち上がろうとしたエルネスタだったが、どうしても立ち上がれなかった。

ロイを取り戻すために、全ての力を使い果たしてしまったのだ。

その時、ふわりと体が持ち上がり、ロイごと抱き上げられた。

「アレクシス様……いけません、重いですよ！　どうかロイだけ抱っこしてください」

「重くなどない。いや、重いのはきみとロイの命だ。こんな恐怖は二度とごめんだ！　もうきみの同意なんか待たない」

アレクシスはひどく苛立っている様子だった。

彼が何を言っているのかよくわからないまま、横抱きにして運ばれたが、リルーシュ書店には戻らなかった。馬車に乗せられている間も、エルネスタとロイはアレクシスにまとめて抱っこされていた。

「今日から宮殿に住みなさい。これは命令だ。私たちは離れていてはいけない。離れていたら今日のようなことがあっても守れないからだ。わかったね」

強引な物言いに、エルネスタは怯えて返事ができなかった。たとえ拒否しても彼は連れていくに違いないだろうが。すると、彼女の代わりにロイが言った。

「ダッダー、ンマ」

あんな怖い目に遭ったばかりなのに、馬車に乗ったのが嬉しいらしく、ロイはすっかりご機嫌になっていた。

「そうか、おまえは承諾してくれたんだな。どうだ、ロイのほうがよほど物わかりがいい」

アレクシスはそう言ってロイの頭をさわさわと撫で、それからエルネスタの頬にキスをした。

エルネスタは赤子ほど立ち直りは早くなかった。

今思い出しても生きた心地がせず、体の震えが止まらない。

――お客様の相手をしている間に、裏口から人さらいが侵入していたなんて……！

おそらく貴婦人が書類を書いていた時だ。奥の部屋で小さな物音を聞いた。

あの時にすぐに見に行っていれば……。

ロイが無事だったからいいようなものの、何かあったら取り返しがつかない。

王宮に住めば、そんな危険からも守ってもらえるのだろう。

「エルネスタ。ロイのためでもあるんだ。来てくれるね」

「でも……わたしが宮廷に行ったら傷つく人がいるのではありませんか？　ううん、今いなくてもいずれは――」

「ええ？　なんのことだ？」

エルネスタははっとした。口が滑ってしまったことに気づいておし黙る。

「エルネスタ。奇妙なことがあったのならなんでも言ってくれ。どんな小さなことでも。そうしないと今日のようなことは防げない」

アレクシスの言うとおりだ。

休日に来た紳士はアレクシスの結婚について彼女に吹き込み、しかも秘密にと言っていた。

しかし、考えてみれば、愛しいアレクシスに伏せてまで素性も知らない紳士の秘密を守る義理などないのだった。

「侯爵令嬢とご結婚なさるって……そういう噂を聞きました」

「誰が」

「アレクシス様です」

とうとう言ってしまった。本当のことを知るのが怖くて言えなかったのに。

アレクシスは絶句していた。

――ほら……困ってる。

「誰がそんなことを？」

「名前も知らないお客様ですけど……噂です」

「ばかな。噂を信じて私を信じないとは。私はきみに、妻になってくれと言ったはずだ」

「内縁の妻だって妻です」

「すると私が他の女を妃にしてきみを妾にするとでも言うのか？」

アレクシスの声色が険しくなると、ロイがべそをかき始めた。

「うぇ、……ふぇええええ」

エルネスタはロイを抱きしめて、よしよしと背中を撫でる。

父と母が諍《いさか》いをしているように映ったのかもしれない。

アレクシスは苦笑いをして、ごめん、と言った。

「……違うのですか？」

エルネスタが上目遣いに問い返すと、彼は溜息をついた。

「そんなはずないだろう。全くのでたらめだ。一昨年のあの晩、私がどんな想いできみの元に来たか、そしてきみのいない間、どれほど探したか知らないだろう。私はきみしか愛せないんだ。きみがかわいくて愛しくて、そして心配でたまらないんだ。きみは見かけよりは確かに強い。母になって強くなったんだろう。だが、無謀すぎる。きみはさっき本当に危なかったんだぞ？　どうか私にきみとロイを……愛しい妻と息子を守らせてくれ」

エルネスタは返事をしようとしたが、涙にむせてしまったし、ロイの姿もアレクシスの姿もぼやけてしまった。

懸命に睫毛を瞬かせ、アレクシスの美しい瞳を見つめて、彼女は静かに頷いた。

宮殿に着き、馬車を降りると、たくさんの従者たちが出迎えた。

敷地内には大小二つの宮殿と王室礼拝堂、グレートホール、武器庫などが並んでいて、馬車は古い小さいほうの宮殿の前で止まった。

アレクシスがロイを抱き、エルネスタはその陰に隠れるようにしてエントランスホールを歩いたが、王宮のまばゆさに目眩《めまい》がしそうだった。

「今日からこの館に住むエルネスタと、息子のロイだ。私に仕えるのと同じように彼女に接するように」

　アレクシスが従者たちにそう言うと、年輩の女性が進み出た。

「ご案内致します。私はマチルダと申します。エルネスタ様と坊ちゃまのお世話をさせていただきます」

　絨毯《じゅうたん》敷きのホールを横切り、階段を上がると吹き抜けを中心にいくつもの部屋があった。

「こちらがエルネスタ様のお部屋です。坊ちゃまのベッドはこちら」

　真新しい上掛け、清潔なシーツのかかった小さいベッドにアレクシスがロイを寝かせる。

「坊ちゃまがお目覚めになられたらすぐ召し上がっていただけるように、お粥の用意をして参ります」

「ロイのベッドまで用意してくださったのですか？」

　エルネスタは驚いたが、馬車の中ではしゃぎ疲れて寝てしまったロイを早く休ませたかったのでありがたい。

「きみとロイを迎えるために前から準備していたんだ。さっきのマチルダは私の乳母だ。隠居していたのを呼び戻した」

「やさしそうな方ですね」

「きみたちの世話はするけど、私たちの邪魔はしないように言ってある。やっときみと一緒に住めるんだな」

アレクシスはそう言ってエルネスタをそっと抱きしめた。

彼の凛々しい姿に対して、その腕に包まれた彼女は、ロイを取り戻すために奮闘した後ということもあり、みすぼらしいことこの上ない。

「アレクシス様、わたしはこんな格好ですから」

と、やんわりと彼の胸を押し戻す。

「気にしないでいい。すぐにクローゼットをいっぱいにするさ。私が守ると言ったからには、身の安全だけじゃなく、きみの心も守るということだ。きみに絶対に惨めな思いも辛い思いもさせない」

そして彼はもう一度エルネスタを引き寄せて口づけをした。


アレクシスの言葉は大げさではなく、男性に気のつかないような所はマチルダが気を回してくれたし、その館の中の誰からも蔑むような扱いは受けなかった。

彼がロイの出自を知ってから、着々と母子を迎え入れる準備をしてきたことがわかる。

宮廷の人々はあからさまに本音を言わないだろうから何を考えているかわからないが、マチルダのロイを見る目のやさしさは本物だと思う。懐かしむような慈しむような表情なのだ。

彼女が単に子ども好きなのか、それともロイをアレクシスの子と認めているからなのかはわからないけれど。

慣れない暮らしで不安には違いないが、ロイと一緒にいられるだけで、エルネスタは何でも乗り切れると思った。

＊　＊　＊

「こちら、お召しになってくださいませ」

マチルダがひと揃《そろ》えのドレスを持ってきて、エルネスタに勧めたが、触れるのも畏れ多いような上質な絹地である。エルネスタはロイだけを連れて荷物ひとつ持たず連れて来られたので、着替えもなくて困っていたのだ。

「仮縫いなしの仕立て上がりですが、仕立屋が申しますには、エルネスタ様のドレスは作ったことがあるということで、サイズ直しをしなくてもすぐに着ていただけるそうです」

とても高価なサフランの染料によるものと思われるオレンジ色のガウンに、ベージュに絹糸で花を刺繍したストマッカー。

肘丈の袖には長いラッフルが二重に縫い付けられていた。姉の嫁ぎ先の男爵家のパーティーでも、これほど見事なドレスを着た貴婦人はいなかった。

「黒い髪にとてもよく似合います。御髪はいずれは結い上げなくてはなりませんが、まだご結婚前ですし……今のうちは半分垂らしておきましょう」

マチルダは、エルネスタが何も言わなくてもどんどん飾りつけていく。宮廷について知り尽くしている人だろうから、彼女に任せるしかない。

「大変お美しゅうございますよ。早く殿下にお見せしとうございます」

「あの……マチルダさん。わたしも国王陛下にご挨拶をするのでしょうか……」

ふと彼女に気を許して、エルネスタは尋ねた。国王に謁見するようなことが本当にあるとしたら、いったい自分はどんな作法で向かえばいいのかわからない。マチルダはその時に味方になってくれる人だろうか。

「さあ、それは私ではなんとも……」

マチルダの当惑した顔を見る限り、国王に謁見の心配など思い上がりもはなはだしいということかもしれない。彼女はさらに言った。

「国王陛下とアレクシス殿下の間には難しい事情がございまして、すぐにというわけにはいかないかもしれません。殿下はまだ子どもっぽさの抜けない年頃にここに置き去りにされたようなものですから」

「新宮殿にご一家が移られた時のことですか？」

「はい、同じ敷地内とはいえ、召使いの大半も新宮殿に移ってしまいましたから。今でこそ整備されていますが、当時はこの館は恐ろしいほどひっそりとして廃墟《はいきょ》のように思えました」

「どうしてアレクシス様だけが置き去りに……？」

「フランク王太子殿下はあまりお体がご丈夫ではなく、皆様がとても気を遣われたのだと思います。闊達《かったつ》なアレクシス殿下と比較されてお辛いこともあったでしょう。それで、王太子殿下に自信をつけていただくために距離を置かれたのではないでしょうか」

「……あの頃、殿下はいつも、とてもお寂しそうでした」

「ですから、エルネスタ様はアレクシス殿下のおそばに寄り添っていただきとうございます。国王陛下がどのような態度をお見せになったとしても、どうかあなた様とロイ坊ちゃまだけは殿下のおそばに……お願いします」

マチルダの懇願に、エルネスタは頷いた。

リルーシュ書店に逃げ場を求めてやってきた彼の心情がようやく理解できた。実際にこの広大な館を目にしたからこそ、そこから人がいなくなり、静まりゆく中でひとり屈辱を噛みしめていた彼の辛さが手に取るようにわかるのだ。

——それなのにわたしは、陛下に認められないとか、ロイと引き離されるとか、自分のことばかり考えていたなんて……身勝手だったわ。

彼が信じてくれる限り、自分はロイと一緒に彼の寂しさを埋めたいと思った。

そこにアレクシスがやってきた。

「ああ、着替えたんだな。見違えたよ。どうした？　悲しそうな顔をして——」

エルネスタは笑顔を作って言った。

「いいえ、驚いているんです。ほら、仮縫いもしていないのに丈がぴったりです。この間の仕立屋さんで、わたしのためにあつらえてくださったのですか？」

「うん。間に合ってよかった」

アレクシスはしばらくこちらを凝視していた。

「どこかおかしいですか？」

いかにも成り上がりに見えるに違いないと思うと、彼の視線が痛く感じる。

「とんでもない。今までの飾らないきみも大好きだったが、今のきみも愛しいよ。宮廷のサロンに出ても見劣りしないさ。……いや、違う。宮廷に出したら他の男に取られそうで心配だ」

などと言って、彼はエルネスタを抱きしめる。

「愛している、エルネスタ」

彼の誠意を疑う余地のないほどに強く抱きしめられ、熱い言葉を囁かれる。

エルネスタも彼の胸に身を委ねて、甘い言葉を胸いっぱいに吸い込むけれど、この愛の行方はわからないのだった。

＊　＊　＊

アレクシスはその夕刻、久しぶりに国王の居館を訪れた。

同じ敷地内にありながら、彼にとって新宮殿は異国のように遠い存在となっていた。

「これはこれは……アレクシス殿下」

新宮殿を仕切っている首席近侍のゲーアハルト・ドナートに出迎えられて、アレクシスの心の古傷が疼いた。

この、新宮殿には国王夫妻及び第一王位継承権を持つ王子とその妻子のみ居住できるという最もわかりやすい案件のほか、王太子の内廷金と、第二王子の王室助成金の金額にはっきりと差をつけたり、王太子のみがまとうことのできる衣装について定めたりなど――「王室の平和と安寧を保つための」細々とした法を典範に加えることを強く提案したのはこの近侍だったと噂で聞いた。

ゲーアハルトは昔から、あからさまな王太子贔屓《びいき》だった。兄の機嫌を取る一方、こちらを見据える目つきは冷たかった。

脆弱《ぜいじゃく》で覇気のない兄にやる気を出させるためだろうが、こちらはひどいとばっちりだ。

これまで親兄弟であり、家族だと思っていたのに、突然自分だけがはじき出された。たまに許される晩餐《ばんさん》の席次も三人から遠く離され、親にも簡単には会えない。

思えば、それがリルーシュ書店に入り浸るきっかけになったわけで、当時は辛かった状況が今の幸福に繋がっているのだが、自分の親に会うにもまずこの男の許可がいるのかと思うとかつての屈辱が蘇ってくる。

「父上に話がある」

そして応接の間で数分待たされた後、ようやく案内される。

ゲーアハルトと二人で廊下を歩く気まずさはなんとも言えない。

「殿下、私をお恨みでしょうな」

「別に恨んではいない」

ここで感情的になったら負けだと思い、アレクシスは素っ気なく答えた。

「兄上の容態はいかがですか」

王の部屋に行くと、ちょうど晩の診察が終わった頃合いだったらしく、侍医が二人控えていた。年輩のほうがルートガーで、エルネスタの父親の診療に当たった医師だ。

彼はあの頃、王家の筆頭主治医として活躍していたが、今は隣にいる若い医師のほうにその地位を譲り、副担当侍医になっていた。

「よくも悪くも変化はない」

王はそう言ったが、表情は明るくない。

「フランクにたまには会ってやれ」

そう言われた時、父の弱気を感じて意外に思った。

兄弟を引き離したのはそっちなのに、と思う。

「おまえたちはもう下がってよいぞ」

父王がそう言って侍医たちを退室させ、アレクシスは話を切り出した。

「父上、結婚したい女性がいます。館に連れてきました」

「なんだと？　どこの令嬢だ？」

「エルネスタ・リルーシュといいます」

ふむ、と言って王は顎鬚《あごひげ》を撫で、少し間を置いて言った。

「父親は何をしておる」

「リルーシュ書店の店主でしたが一昨年に亡くなりました」

「知らんな。……王子の結婚は政略的な一面を無視することはできないので承服しかねるが、愛妾《あいしょう》としてならいつでも歓迎するぞ」

アレクシスは小さな怒りを抑えて言った。

「私は側室を持つ気は全くありません。そもそも典範の改正によって私の振る舞いは王室から解放され、自由なものとなったはずですよ。エルネスタとの結婚を認めてくださいとは言いません。報告です。どうしても許さないとおっしゃるなら生涯独身を貫きます」

「青臭いことを言うな、いい年をして。その娘のためでもあるのだぞ。市井の者が宮廷に上がっても恥をかくだけだろう。ろくな教養もないだろうに。愛妾にしておいたほうがどんなに気楽か知れない」

「いいえ、彼女の義兄はリーフマン男爵ですし、エルネスタは本屋で生まれ、ミニサロンのようなところで文化人の討論を聞いて育った娘ですから教養がないはずないでしょう。ああ……そうだ、そのことはポルカ神父やルートガー医師がよく知っています」

するとと、王が従者に命じて、帰り支度をしていたらしいルートガーを呼び戻した。

「ルートガー、おまえはその娘について知っているか？　リルーシュ書店の――」

「は、……ある程度は」

「どんな女だ。知っていることを申せ」

アレクシスは彼が援護射撃をしてくれると踏んでいた。

実際、ルートガー医師はエルネスタの父の病の時には、治る見込みがないにも関わらず毎日通って、苦痛を緩和するよう努めてくれたし、彼女に対してもいつも親切だった。

「はい、エルネスタ殿は父親を親身に看病する、大変親孝行な娘さんでした。品良く善良な申し分のないご婦人とお見受け致しました」

ルートガーは卒のない返事をした。

「悪い評判はないということか」

「はあ……まあ」

「アレクシスの妃としても申し分ないか？」

この質問には、彼は即答しなかった。

「エルネスタの教養と人柄について証言してくれればそれでいい」とアレクシスは言ったが、内心、ルートガーを呼ばせたのは失策だったかもしれないと思い始める。

王がルートガーの沈黙を見過ごすことはなかった。

「何じゃ？　はっきり言うがよい」

アレクシスは凝視したが、その医師はこちらと目を合わせず、無表情で語り始めた。

「最近、出自不明な赤子を連れているという噂がありまして……。最初は女中の子ということになっていましたが、今では近所の者たちはみな、その子がエルネスタ殿の婚外子ではないかと……いえ、ただの噂ですのでお気になさらず」

「ルートガー。こそこそと調べたのか？」

アレクシスが抗議したが、そこに王が言った。

「子どもだと？」

「父上、それは私の子です」

しかし今度は、それまで控えていた王妃が歩み出た。

「本当に？　男の子、それとも女の子なの？」

「息子です、母上。父上が私に怪しげな薬を飲ませてまで望んだ、私の世継ぎになる子ですよ。私は、正統な王子を生んだエルネスタと結婚します」

「待て、怪しげな薬とはなんだ？　知らんぞ、わしは」

王はとぼけるつもりなのか。そんなことを家臣に命じてやらせることのできるのは国王以外にないというのに。

ルートガーがとりなすように言う。

「王子殿下、どうか冷静におなりください。エルネスタ殿は大変教養も深く、人格も申し分ないことを私は証言致します。ですが、子についての真実は誰も証明できません。王子殿下ご自身ですら、真実はおわかりにならないでしょう。しかも、リルーシュ氏の死後、ご令嬢はこちらには住んでおられなかった。……世間が納得する形でなければご令嬢の苦労は計り知れないものになります」

二年前にリルーシュ氏の治療をしたというだけのルートガーに、そこまで知られているとは予想外だった。もしかしたら、エルネスタと赤子のことは町中の噂になっていて、自分だけが知らなかったのかもしれない。

「ロイはエルネスタと私が愛し合って生まれた子だ。二人の信頼関係についてはポルカ神父が証明してくれる」

アレクシスははねのけたが、ルートガーの冷静な分析を論破できるはずもない。

自分に確信があっても、世間には必ず疑う人間が現れる。それは避けられないし、それではエルネスタが惨めな思いをする。この問題を解決しない限り、彼女とロイを守ることはできないだろう。

ルートガーが辞去した後、王が言った。

「まあそういうことだな」

惨憺《さんたん》たるありさまだ。いや、もともとこのいまいましい宮殿の主に期待などいっさいしていないからかまわないが。

「今日のところは失礼します」

アレクシスが自分の迂闊さを呪いながら退室しようとした時、王がふと言った。

「待て、抱かせよ。その子どもを」

「は……?」

アレクシスは一瞬迷った。

ロイには王室に特有の遺伝形質があまり見られない。瞳は青いが、若干色が淡くて証拠にするには弱いのだ。端から疑っていては、実際に対面してもうさんくさいとしか思えないのではないか。

「わたくしも見たいわ。連れてらっしゃい」

王妃の強い希望もあり、結局アレクシスはロイをマチルダに連れてこさせた。

「これが私の息子です、父上」

「ほう、重いものだな」

王はロイを抱いてしげしげとその顔を見た。

すると、ロイは王の顔にぷくぷくした小さな手を伸ばした。

「たあ」

「いてっ。おう、わしの髭《ひげ》を引っ張るとは、お主は肝の据わった子じゃのう」

「わたくしにも抱かせてください。本当の孫を抱く練習よ」

アレクシスは苛立ちをこらえて、国王夫妻がロイを交互に抱くのを見ていた。

「……何ヶ月？」

と王妃に問われ、十ヶ月と答えた。

「もういいですか」

アレクシスが痺れを切らしたように尋ねると、王が答えた。

「うむ。考えておく」

王の素っ気ない態度に、アレクシスは心底失望した。

エルネスタとの結婚も認められず、ロイも認知されないなら、王室を離脱してエルネスタと一緒に、地方にある自分の所領の一つに移ろうとさえ思った。

「兄上、お元気ですか」

どうせこちらの新宮殿に来ることもそうそうないだろうと思い、アレクシスは兄の部屋に立ち寄った。

兄は深い背もたれつきの椅子に身を沈めるように座っていた。

髪はアレクシスと同じアッシュブロンドだが、胸の辺りまで伸ばしていた。

「珍しいな。アレクシス……おまえ、大きくなったなあ」

背丈はそう違わないだろうが、兄は随分痩せていた。

「普通ですよ。具合はどうですか」

「――ここは地獄だ」

長い年月と膨大な金をかけたこの宮殿が地獄とはどういうことだ。

それほど病気が辛いということだろうか。

長らく日を浴びていないような青白い肌に、淡いブルーの瞳。

元々、フランクの瞳の色はアレクシスより随分薄い。

まるで生命力の強さを反映しているかのようだ。

「兄上の看護は誰がしているのですか」

とアレクシスが訊くと、フランクは虚無感漂う声で答えた。

「ゲーアハルトがよく尽くしてくれている」

「彼は医師ではないでしょう」

「見立ては侍医がしているが、身の回りの世話は近侍だ。……私が虚弱すぎるので同情しているのか、それはそれはかいがいしく、奴隷が主人にするように私を労る《いたわ》」

こんなに弱った兄を見ると、彼には多くの手が必要で、頑健な自分は古い宮殿にひとり捨て置かれようとどうでもいいような気がしてくる。

「兄上、私が口を出すことではないが、時には違う医師に診せてもいいのでは……？」

実際、ルートガーはかつて見立て違いをしたという噂がある。次の筆頭医師もどうだかわかったものではない。

「アレクシスはどうしてここに来た？　何かあったのか？」

「結婚の報告です。父上はいい顔をしませんでしたが……子どもが産まれました」

すると、フランクの瞳が大きく見開かれた。

「それは……王子か？」

「……はい」

フランクの目に、一瞬諦観のような表情が浮かんだが、すぐにそれは安堵へと変わった。

「でかしたな。……こちらにおいで」

兄がまるで小さい弟を呼ぶように手招きし、アレクシスはそれに従った。

「もっと、近く」

兄にせがまれて、手が届くまで歩みより、膝をついて視線を合わせた。

兄には立ち上がる力もないのだろう。

フランクは痩せ細った腕を伸ばし、アレクシスの髪に触れた。

両手で少し彼の頭を引き寄せ、久々の再会を味わうように何度も頭をくしゃくしゃと弄る。

子どもの頃、そうしてもらったことがあった。突然分断されるまで二人は屈託なく遊び、喧嘩《けんか》もする普通の兄弟だったのだ。

「兄上……私はもう子どもじゃありませんよ」

「わかっている。父になったのだから——おまえは強いな」

そう言いながら、兄は長い間、アレクシスの頭を抱えて撫でていた。

楽な姿勢ではないのでふと顔を上げると、兄の頬に涙が流れているのが見える。

——なぜだ？

突然排除されて泣きたかったのはこっちなのに。

だが、アレクシスは気づかないふりをして、兄のしたいようにさせていた。兄の冷たい薄い手が、病状の悪さを物語っているようで、こちらまで切なくなる。

「よし——もういい。長居は無用だ。アレクシス、妻子と幸せに暮らせ」

アレクシスは退室したが、いつまでも胸が重苦しかった。

国王を説得するに足る十分な戦略も見つからないまま数日が過ぎた。

アレクシスは毎晩欠かさずエルネスタのベッドルームにやってきては彼女と愛し合い、幸せな眠りにつく。

マチルダがよく面倒を見てくれているようで、彼女はこの頃顔色もよくなったし、王の血族をもたらしたという誇りか、それとも高価なドレスや装飾品によって磨かれたのか、日に日に美しさを増していく。

そんな彼女が愛しくてたまらず、その日も激しいほどに抱いてしまった。

慣れない場所で気疲れしているだろうから少しは休ませてやりたいのに、アレクシスの肉体がそれを許さないのだ。

彼女の反応や声の艶から見ても、彼女が性的にも成熟していくのがわかる。

——今夜も疲れさせてしまったな。

軽い自己嫌悪に陥っていたアレクシスは、ふとロイのベッドを見た。

手足を動かしているなと思ったら、やがてふにふにと泣き出した。

＊　＊　＊

「あ……ロイ……？」

とエルネスタが呟いた。

母親とは大したもので、どんなに疲れていてもわが子の泣き声は警鐘のように聞こえるそうで、いち早く目覚めてしまうらしい。

「きみは寝ていなさい」

彼女を疲労困憊《こんぱい》させた罪滅ぼしに、アレクシスはベッドを下りてロイの元へ行った。

ふやぁ、ふやぁと弱々しく泣いているロイの足をやさしくさすり、とんとんと軽く叩いて落ち着かせる。それでもだめならエルネスタのところへ連れていくつもりだったが――。

足をさするのが気に入ったらしく、ロイはすぐに泣き止んだが、目は冴《さ》えてしまったようだ。

暗闇で大きな目をぱっちりと開けている。仕方なく抱いて揺らすことにした。

「あうー、うー」

「かえって起きてしまったか？」

そうしてロイを抱いて寝室をひと周り歩く。壁際の常夜灯の近くで立ち止まり、ロイの様子を確認してはまた暗いベッドに戻ってみた。

「まだまだ寝ないつもりだな。しかし高い高いはしないぞ、さすがに」

アレクシスは独り言のように言いながら、ロイを抱いて静かに揺らす。

こんな平凡なひとときがしみじみとした喜びをもたらすものだとは、自分の子を持ったからわかったことだ。

アレクシスの腕に重みがかかってくる。

ロイの動きが鈍くなり、自分の指を吸い始めたからもうすぐ寝るだろう。

——おや……？

その時、アレクシスはロイの顔を見てふと気づいた。

大きな目がとろんと眠気を含んで、瞼が落ちそうになった瞬間、その虹彩が淡く光るのが見えたのだ。

ロイを見た時の国王夫妻は冷淡というよりは冷静だった。

ロイがアレクシスの子だとは信じていないのだろう。

確かにロイの虹彩は自分や父王とは少し違って、誰もが納得するほどの王族の特徴を備えてはいない。

——だが……これは。

さきほど通りかかった常夜灯の光を吸収したかのように、闇の中で微かに光る虹彩。

アレクシスの胸の内に小さな希望の火が見えた。

——そうか、おまえは確かに私の子であり、王の孫なんだな。

疑ったことはないが、ロイが間違いなくわが子であるという証拠を見つけた。

そのことが嬉しい。

小躍りしたい気持ちになってエルネスタのほうを見たが、彼女の穏やかな寝息が聞こえたので起こすのはやめた。

彼女がアレクシスの側で安心して眠ってくれることに、男として、夫としての誇りと気概がふつふつと沸いてきた。


翌日、アレクシスはエルネスタを図書室に案内した。

国王夫妻は新宮殿に移ったが、図書室は移築しないでこちらの古い宮殿に置かれたままだった。少年期は自分が古い物と一緒に捨て置かれたような気がしたものだが、今はエルネスタのためにもそれでよかったと思う。

リルーシュ書店とは趣が違うが、書物の匂いに触れるのは、多少なりとも彼女を癒やすのではないだろうか。

高さ四メートル以上ある書棚の前に立って、エルネスタは頬を染めていた。

彼女は埃《ほこり》臭い古本やインクの匂いを吸い、あの小さな町のサロンに集まる文化人の対話を聞いて育ってきたのだ。

黄金の背表紙が並んだ壁面に溶け込む彼女の姿は、今でもやはり妖精のようだと思う。

本に埋もれているだけで水を得た魚のように、おそらく本人は自覚していないんだろうが、彼女は威厳と風格を身にまとっている。

アレクシスが初めて恋をしたのは、そんな少女だった。

彼女は教養をひけらかさない。そもそも、彼女がその環境から吸い取ってきたものを、それが教養だと認識すらしていない。

「図書室はいつでも自由に使っていいんだよ」

「ここを管理している方はいらっしゃらないのですか？」

「使用人が掃除をするくらいだが……」

「そうなんですか？　アレクシス様に本をお贈りしたいとお店にいらした方がこちらの管理人だと思っていました」

「なんだって？」

「あの……お名前はおっしゃいませんでしたけど、侯爵令嬢とのご結婚のお祝いを選ぶのにどんな本がいいか相談したいと――」

「だからきみはあの時、妙なことを言ったんだな。しかしなぜそんな嘘をつく必要があるんだ。

それはどんな男だった？」

「ポルカ神父様と同じぐらいのお年だったと思います。背は殿下より少し低くて、栗色の髪をした品のいい紳士でした」

そんなでたらめをわざわざエルネスタに吹き込むのは、アレクシスと彼女の関係を探るか、彼女に身を引かせる目的としか考えられない。アレクシスは心当たりを探ったが、あまりにも平凡で特定不可能だ。

「どこにでもいそうな男じゃないか。とにかく、ここはきみの自由にできる空間だから、いつでも好きに使っていい」

「ありがとうございます」

彼女の目がきらきらしているのを見ると、アレクシスも嬉しくなる。

彼がエルネスタを自分のものにしてしまってから、こんな無邪気な笑顔を見ることが少なくなった。手折った花を新しい土に根付かせるのは簡単にいかないだろう。

「リルーシュ書店そっくりに改造しようか」

「そんな、もったいない」

とエルネスタは笑った。

「全然違うのも面白いです。どこにどんな本があるのか、探検して覚えていくのはきっと楽しいことですよ。あの高い所にはどうやって行くのですか？」

彼女は図書室の中二階の棚を指差した。

「こっちだ」

入り口近くにあるアーチ型の柱は実は中二階への階段になっている。アレクシスがドアを開けて、二人で階段を上がっていく。

「本の冒険に行くみたいですね」

エルネスタがはしゃいでいるのが嬉しくて、アレクシスは階段の途中で彼女を抱きしめた。

「あ……」

そして彼女にキスをする。

ほかに誰もないが、こうして隠れてするキスのなんと甘いことだろう。

「ん……」

彼の腕の中でじたばたするエルネスタを軽く押さえ込み、アレクシスは笑う。

「狡いですね」

と、彼女が小さな声で言った。

「どうして」

「いつもここでこういうことをしていたのかと――」

彼女が控えめながら嫉妬するような態度を見せたのが面白くて、アレクシスは噴き出した。

「本を見たがる女性なんて宮廷では珍しいよ。きみだけだ、この階段に入って喜んでいる変わり者は。だからここでキスをするのもきみだけだ」

こんなふうに戯れるひとときも格別だ。

ふと、兄の痩せた手や、妻子と幸せになれという祝福の言葉が脳裏を過ぎった。


近頃、エルネスタは大量の贈り物をされて閉口している。

「まあ、すごいですね」

マチルダも感服するやら半ば呆れるやら。

「アレクシス様、困ります。もうおやめください」

そう言っても彼は取り合わない。

上質な布地に、手のかかった刺繍やロゼッタ飾りをつけた目も眩むような美しいドレス。それればかりか、宝飾品も一粒でリルーシュ書店が買えそうな宝石に、この国では見たこともないような珍しい鳥の羽根を使った扇、虹色に輝く貝殻を彫刻したブローチ――。

王宮の金庫が空になってしまうのではないかと心配してしまう。

「エルネスタは図書室では生粋の貴婦人のように堂々としているだろう。それはきみの育った環境に本というものがいつもあって、すっかりなじんでいるからだと気づいた。だから、宮廷のどこに出しても恥ずかしくない衣装を毎日身につけてなじめばいいと思うんだ。もちろん、なじまなくったって、どんなドレスを着ていたって、きみはとても美しいし気品がある。でもきみ自身が臆することのないようにするいちばんの近道は、慣れることだ」

「確かにそうでございますね。私も賛成です」

マチルダまで後押しをして、エルネスタは目の眩むような贅沢品《ぜいたくひん》を毎日身にまとうことになった。

第八章

アレクシスはロイ誘拐犯の尋問をさせていたが、敵もしたたかでなかなか口を割らない。

「鞭打《むちう》ちだけでは効きません。ずっと黙秘しております。もっと強い拷問にしますか」

「やり過ぎるな。決して死なせてはならん」

アレクシスの心に焦りがないわけではないが、エルネスタとロイは目の届くところにいるので、持久戦になろうがかまわないと思った。

捕らえておけば、犯人が口封じに殺されることもないのだ。

ところが、彼はまもなく己の見通しの甘さに歯嚙《はが》みすることになった。

看守からの伝言が彼の耳に入ったのは夕刻だった。

「囚人が突然死にました」

「なんだと？　どういうことだ！　拷問をしたのか！」

「いいえ、殿下の仰せのとおりに、囚人が死なぬように尋問しておりましたが、今朝、急に苦しみ出しまして」

「なぜすぐに私に言わない？」

「殿下は死なせてはならぬとおっしゃったので、すぐに医師を探して診せたところ、囚人はすっかり落ち着いたので報告には及ばないと判断しました」

アレクシスは死体を検分した。外傷は、アレクシスが格闘した時に見舞った顔の打撲と歯の欠損、背中の鞭の痕のみだ。

「その時、医師はなんと……？」

「この囚人は心臓に持病を持っており、体に負担のかかるような責め苦を与えてはならないと言いました。そして薬を飲ませたところ、いったん囚人の容態は落ち着きました」

「薬をその場で渡した？　それで……」

「ところが、夕刻に見回ったところ、死んでいたのです」

「自死か？」

「いいえ、病死です。拘束によって病状が急激に悪化したのだろうという見立てでした。医師は私どもが囚人に折檻《せっかん》したのだろうとなじりました。ですが、私どもは殿下からのご命令の後は決して拷問は致しておりません！　誓って申し上げます」

アレクシスは落胆しながらも、看守の話から違和感を覚えた。

「その侍医とは誰だ」

「はい、その医師は――」

その名を聞いた時、全てが腑《ふ》に落ちた。

誘拐犯は死んだが、アレクシスは失うばかりではなかった。

＊　＊　＊

ある日、エルネスタが中庭でロイを抱いて散歩していると、公務から抜け出したのか、アレクシスがやってきた。

「ロイ、おいで」

彼は両手をロイに差し伸べた。

「んま、んま」

ロイは喜んでアレクシスのほうへ身を乗り出す。

「ようし、いい子だ。おまえにお茶会の招待状が来たぞ」

「え……？　ロイに、ですか？」

「もちろんきみにもだ」

一体誰からの招待なのだろう、ここに自分を知る人などいないのに。

そんな不安が顔に出てしまっていたらしい。

「怖がることはない」

彼はそう言って、生け垣で囲まれた小さな庭へと案内してくれた。

一歩入ると薔薇の甘い匂いが立ちこめている。さまざまな色の薔薇が咲き乱れていて、まるで薔薇の品評会でも開かれているようだ。

「ここは曾祖母《そうそぼ》の作らせた薔薇園なんだ。以後は代々、王妃が管理しているから今は母が仕切っていろんな薔薇を栽培している。以前は皆、こちらの旧宮殿にいたので」

「王妃殿下のお庭に勝手に入ったりして大丈夫なのですか？」

「かまわないさ。ほら、ひとつひとつ名前がついているのを見てごらん」

アレクシスに言われて見て見ると、ところどころネームプレートのようなものが掲げられていて、薔薇の品種かと思ったが、書かれていたのは王族の名前らしい。

大輪の白薔薇には現世国王の名マクシミリアンのプレートがついていた。

「こちらは？」

「フランク――それは兄上の名前だ」

黄色い薔薇、赤い薔薇、蔓《つる》薔薇――さまざまな薔薇につけられた名前の説明を尋ねると、アレクシスは丁寧に答えてくれた。婚姻によって王族になった女性にとって、それはとても重要な儀式になっているということだ。

「あ、ここに……アレクシス様の名前」

青に近い薄紫の、清々《すがすが》しい色合いの薔薇だ。彼にぴったりだと思う。

それに、新宮殿からは疎外されても、薔薇園では彼の名前も平等につけられていることにほっとしたのだ。

「美しい薔薇ですね」

エルネスタがそう言うと、彼は意味ありげに含み笑いをした。

「ここに名前がある者は王族の仲間入りをしたと考えていい」

薔薇に名前をつけて歓待するとは、いかにも宮廷人らしい雅《みやび》やかな慣習だ。

「あー、あー」

小さな手をいっぱいに開いて薔薇のほうに伸ばすロイの手を、アレクシスがその大きな父親らしい手で包み込んだ。

「ああ、ロイもそのうちにな。さあ、この奥に用意ができている」

彼について歩いていくと、小さな蔓薔薇で飾られた白いテーブルがあり、その上にはお茶やお菓子が並んでいた。給仕の召使いもいる。

「これからはここで親子三人でいつでもくつろいでいいという母からの伝言だ」

アレクシスはそう言うが、とてもくつろいだ気分にはなれず、エルネスタは怖《お》じ気《け》づいた仔猫みたいに身を硬くして彼についていった。

執事が近づいてきて言う。

「ロイ殿下に安心して遊んでいただけるよう、こちらに敷物を敷かせていただきます」

そして彼の指示で赤い布が広げられ、羊の毛をあしらった木馬が置かれた。

アレクシスがロイをその背にまたがらせると、ロイは喜んでピョンピョンと跳ねる。エルネスタと二人でロイが落ちないように支えながら遊ばせていると、ロイが言った。

「んま、んま」

「おお？　馬と言ったか？　なんて利口な息子だ！」

まだ一歳にもならないロイは、そんな言葉は知らないはずなので、完全に親バカである。そんなふうに戯れる父子を、使用人たちが驚いた顔で見ていた。

第二王子がふだん見せないような表情をしているからだろう。

血は水より濃いというわけで、ロイはいずれは王族の一員として認められるかもしれないが、エルネスタは永遠に部外者であり宮廷に紛れ込んだ庶民でしかない。それでもかまわない。

アレクシスが寂しくないように、どんな形でも彼の側にいると決めたのだ。ロイと二人で彼を愛し続けること、それがいちばん大切なことだと気づいたからだ。

アレクシスはそんな彼女を見て何を思ったのだろうか。

「おまえたちはもう行っていいぞ。いるとエルネスタが落ち着かない」

彼が使用人たちに向かってそんなことを言うので、エルネスタは青ざめた。

「そ、そんなことありません。どうぞご一緒に」

彼らは優秀で善良な使用人なのだ。エルネスタが一方的に怯えているだけで。それを意地悪い人間のように扱ったりしてはいけないのに。

「殿下の仰せのままに下がらせていただきます。ああ、そうでした。エルネスタ様、こちらの薔薇は今が大変見所でございますのでどうぞお近くでご覧くださいませ」

そう言って執事が一歩退くと、その背後からやや小ぶりのピンク色の薔薇が現れた。

エルネスタが言われるままにその薔薇に歩みより、何か気の利いた感想を言わなくてはならないのだろうかと言葉を探していた時、ふと見慣れた言葉が目に飛び込んできた。

他の薔薇と同じように白いプレートに書かれた名前だ。

『エルネスタ』

彼女はそこに自分の名前を見て、一瞬どういう意味かわからなかった。

すると、執事が小さな声で言ったのだ。

「王妃殿下からの贈り物でございます」

——王妃殿下の贈り物……？　まさか、まさか……。

見間違いではないか、綴《つづ》りの似た他の女性ではないかと思ってそのプレートに見入っていたら、執事がつけ加えた。

「王妃殿下は昨日、随分長い間迷っておられましたが、この薔薇がいちばん愛らしいと仰せになり、あなた様のお名前をおつけになられたのです」

それを聞いた時、『エルネスタ』の文字がぼやけてにじんだ。

「おい、私の妻をいじめないでくれ」

アレクシスが執事を咎《とが》めるように言ったが、その声は怒っていなかった。

——王妃殿下が認めてくださった——。

そのやさしい心遣いが嬉しいと同時に、アレクシスが母親からは見捨てられていなかったことに感動して、エルネスタは泣いてしまった。

「マー、マー……」

ロイの声が聞こえる。それがだんだん近づいてくる。

アレクシスがロイを抱いてエルネスタの側にやってきたのだ。やさしく肩を抱いてくれた。

使用人たち皆が拍手をし、無言の祝福をくれている。

ロイとエルネスタを抱きしめ、アレクシスが言った。

「いつまでも私の薔薇と一緒に、ここで咲いていてほしい」

エルネスタは幸せを噛みしめながら、小さく頷いた。

＊　＊　＊

その後、エルネスタはそれまでとは違う格別な夜を過ごした。

「ロイは？」

「今寝たところです」

アレクシスはエルネスタの肩越しに、ロイのベッドを覗いてその寝顔を見つめていた。夜着の上から、彼の体温が伝わってきてドキドキする。

「乳母に任せてもいいが、こうして親子三人で過ごす夜もいいものだな。私は今日はすこぶる気分がいい。とりわけ、母がきみを認めてくれたことは大きい」

「王妃殿下はおやさしいのですね」

「私はきみとロイさえいれば最高に幸せだからどうでもいいけど、きみにはひとりでも味方がいたほうが心強いだろう」

「もちろん王妃殿下のお心遣いはとても嬉しいですけど、わたしだって……わたしとロイだけはいつでもアレクシス様の味方ですよ？」

「エルネスタ……」

彼は不意打ちをくらったような顔をし、それからあの美しい瞳でエルネスタを見つめて、うっとりとするようなキスをした。

エルネスタがこの宮殿に来た当初は、アレクシスはなんとなく苛立ったり焦ったりしているような雰囲気があった。国王陛下との軋轢《あつれき》があったのかもしれない。だが、この頃の彼は穏やかになったというか、忍耐強く勝機を待っているといった風情だ。

薔薇園に招待された時も、彼はあらかじめわかっていたみたいに余裕ある態度だった。

いろいろなことが上手く回り出しているのかもしれない。

あとひとつ気がかりなのは、父の店をあのまま放置していいかということだ。

「……ん？　まだ何か心配なのか？」

ロイから離れて大きなベッドへ、アレクシスは彼女の肩をそっと抱き寄せて移動した。

「当ててみようか。リルーシュ書店やダナのことだろう」

エルネスタは驚いて彼を見つめた。どうしてわかったのだろう。

「ダナにはいつでも宮殿に移っていいと伝えたが、彼女は書店を守りたいそうだ」

「でもひとりで――？」

「今までのようにはやれないだろうが、美味しいお茶とジャムの作り方は伝授したんだろう？　本の仕入れについては相談員をつけて助言してもいい」

「そうしていただけたら心強いです。ただ、わたしが望んで継いだ店なのに……あの子を縛りつけていいのかと考えてしまって」

「きみの気がすまないなら、一度彼女に会ってみればいい。近いうちに呼ぶよ」

「ありがとうございます」

「きみは要らぬ心配の種をいくつも蒔《ま》いて、大切に水をやって育ててるんだからな」

彼はベッドで片肘をついて横たわり、エルネスタに微笑みかけた。

「私はきみを育てているんだ。ありのままのきみが好きだけど、きみの中からは時々予想もつかない力が出てくるから面白い」

「アレクシス様……」

「不安は全部摘み取ってきみを絶対に守るから、本当に私のことだけ考えてほしい。いや、ロイのこともだが、今だけは私のことを――おいで」

彼女は従順に、アレクシスに寄り添った。

彼の胸に頬を寄せると、彼の腕がエルネスタの背中に回された。緩やかに抱きしめられている間、小さな不安がすっと消えていくのを感じる。

そしてどちらからともなく唇を重ねた。次第に彼の口づけに熱がこもってくる。アレクシスは彼女の体を挟むように両手をベッドにつき、甘蜜でも舐めるように彼女の口中を探った。

「ん……んぁ」

キスだけで体が熱くなり、官能の波に呑まれそうになって、エルネスタは暗闇に手を伸ばした。何も掴めるものもなく、空《むな》しく足掻いたものの全てを彼に委ねる。いつの間にか、夜着も脱ぎ捨てて、裸身を重ねていた。

彼の手がエルネスタのあらゆる場所に触れ、敏感な部分を探り当ててくる。乳房を噛み、花芯を指先で愛でる。エルネスタはそのたびに甘い悲鳴を上げて、腰をうねらせていた。

やがて彼の指はもっと中へと入ってきた。

最初の一瞬だけひりひりとした刺激があったが、彼がぐねぐねと中をこね回すうちに淫靡《いんび》な蜜が満ちてきて、心地よい刺激となる。

「きみの感じる場所も私が見つけて育てているんだ。官能に目覚めたきみが美しさを増していくことに、きみは気づいていないかもしれないけど」

「え……わかり……ません」

「たとえばここは」

彼の指が何かを探るようにエルネスタの中で動き、蜜襞をそろそろと撫でる。

もやもやとした心地良さが続いていたのに、ある場所に到達した瞬間、全身がわななくほどの激しい快感が貫いた。

「ああっ」

背筋を仰け反らせながら、花芯の間から熱いものがとろりと溢れる感触があり、エルネスタは羞恥に消え入りそうになった。

「ここか、覚えたよ」

そして同じ場所を何度も刺激され、息が継げないほど達かされてしまった。

「はああ……ん、ぁあ、ア――！」

黒髪を乱してベッドに押しつけ、官能に身を震わせる。

自分がひどく淫らな生き物になったように思えて情けないのに、この快感にはあらがえない。

それどころか、もっと欲しいと思ってしまう。彼に挿入《はい》ってきてほしいのだ。

「アレクシス様……もっと、もっと……」

酔ってもいないのに、はしたない言葉が自分の口から溢れていた。

「エルネスタ」

熱を帯びた声がその名を呼んだかと思うと、下肢を大きく開かれていた。

「あ」

潤んだその隘路《あいろ》に彼が挿入ってくる。

「う……く」

ぐぷりと蜜洞を穿ち、猛々しい雄根が内臓を圧迫しながらエルネスタの中を冒してくる。

「あ……ぁあ」

いちばん深いところに落ち着くと、彼はその剛直で彼女の内部をぐるりと抉り始めた。

「ぁあっ……ヒッ」

はしたないとわかっていても、自分ではどうにもできないほど感じてしまう。彼女は夢中でアレクシスの背中にしがみついた。そうしていないと体が溶けて散ってしまいそうな気がした。

「あ、ふぁ、……っ、ぁあ」

彼に抽挿されるたびに、淫靡なよがり声を発してしまい、その声にアレクシスが反応してさらに激しく愛されるのだ。完全に開かれた体が嵐のように蹂躙され、愉悦の涙が零れる。

「あ、あ、あっ、だめ……っ、い――っ」

達ってしまうと思った瞬間、彼の劣情も頂点を極めた。

胎内で肉棒がビュクビュクと痙攣しながら劣情を振りまいている。

愛する人の一部が自分の中で広がり、一体化する喜びにエルネスタは震えた。

脳内で何かが爆ぜ、息が止まるほどの快感にあえかな悲鳴を上げて、彼女は意識を手放した。

「きみはどんどん美しくなる」

エルネスタの耳に、そんな言葉がずっと聞こえていた気がする。

＊　＊　＊

翌日の夕刻、エルネスタは応接の間にいた。ロイの世話をしていたところにアレクシスに呼び出されてここに来たのだ。

正直を言えば、ロイの側を離れるのは不安だ。乳母のことは信じられると思う――彼女はアレクシスを育て上げた乳母であり、ロイの育児のために宮廷に呼び戻された人なのだ。彼女のロイを見る目もやさしく、エルネスタにも親切だ。

――でも、ロイは何があるかわからない年頃だし。

アレクシスが来たのなら、すぐに部屋に戻らせてもらうつもりだ。

だが、やってきたのはアレクシスではなかった。

「お嬢様あ！」

「……ダナ！」

「お嬢様、お元気そうでよかったあ。……って、こんな言葉遣いはダメですね」

相変わらず明るい声だ。ポジティブで活動的な彼女にどれほど救われたかしれない。

「ううん、いいのよ！　それより突然ひとりにしてごめんね」

「ロイちゃんがあんな目に遭ったんですもん、仕方ないですよ。ここにいれば絶対に安全ですし……それに、あたしは実家よりお店のほうがうんと楽しいんです。このままお店を続けていてもいいですか？」

「ダナがそれでいいならもちろん。殿下もね、本の仕入れの相談はいつでも引き受けるとおっしゃったの」

「よかった。里に帰れって言われたらどうしようかと思いました」

「わたしのお父さんの店なのに放り出したままで、本当にごめんなさい」

「そう言って『エルネスタがずっと気にしてるから』って、殿下があたしを呼んでくださったのですよ。愛されてますねえ、お嬢様」

「まあ、そうだったの」

「あたしはお嬢様みたいに本のことはわからないけど、それは本に詳しいお客さんに教えてもらうことにしました。あの場所が開いているだけでみなさん満足だっておっしゃるので、あたしもそれに乗ってみようと思うんです。なんとかなりますよ」

「そうね。わたしもダナが近くにいてくれて、お父さんの店を守ってくれたらとても心強いけど、でももしも好きな人ができたらどうするの?」

「えっ、だ、大丈夫ですよ」

「だってどういう人かわからないでしょ」

「それがですね——」

「誰かいるの?」

「はあ。ジャン・ミカルさんが一緒にやろうって言ってくださって。ファッション・プレートが売れるので、そっちで生計を立てて後は好きな絵を描きたいんだそうです」

「共同経営ってこと?」

「今のところはそうですね」

「——大丈夫なの?」

女好きというイメージのジャンと、いたいけなダナが一緒に店を運営するなんて、問題が起こったりしないだろうか。

その時、ダナは携えていた荷物を包んでいた布を開いた。中から額装された絵が出てきた。

「これ、お嬢様がモデルになった時のデッサンを元に、ジャンさんが彩色して仕上げた肖像画ですよ。どうですか?」

「これがわたし……？」

その肖像画のエルネスタは、まるで王族のように毅然《きぜん》としていて、モデルといってもドレスや装飾品だけを参考にした別人の絵ではないかと思う。

「はい、これがお嬢様ですよ。ジャンさんは『本質』しか描けませんから、お嬢様は王宮に行ってもこのような姿で人の目に映っているんです。ご自分が本当の自分に気づいていないだけ。だからいろいろ不安になっちゃうと思うんですけど、どうかあたしとジャンさんを信じて、それにアレクシス殿下を頼ってみてはどうですか？」

「ダナ……あなた、わたしを励ますために来てくれたの？」

「それもありますけど、惚気《のろけ》にきたってこと、わかりませんかあ？　あと、営業も」

「惚気？　え？」

自分の気持ちに気づくのも随分遅かったが、人の恋愛ごとにも鈍感なエルネスタだった。ダナとジャンがいつの間に心を通い合わせるようになったのかはわからないが——会えば口げんかばかりしていた記憶なのだ——彼が描いたダナの絵を思い出した。

あの絵は誠実にダナの愛らしさを表現していたと思う。

ジャンの絵には力がある。思えば、アレクシスにロイの父親が自分だと気づかせてくれたのも彼のスケッチだった。

「そういうこと……おめでとう、ダナ」

「お店はお嬢様の実家ということには変わりませんから、どうかいつでも遊びにいらしてくださいね」

「ええ、心強い気持ちになったわ」

アレクシスの目論見《もくろみ》どおり、ダナの来訪でエルネスタは勇気を得た。

随分彼女との長話に花を咲かせてしまって、アレクシスの許可を得たらジャンに肖像画を注文すると約束して別れを告げた時には、完全に日が暮れていた。

こうしてロイのいる寝室に戻ると、部屋は真っ暗だった。

ロイはマチルダがどこか別の部屋で面倒を見ているのだろう。

エルネスタは悪寒を感じ、入室するのを留まった。尋常でない雰囲気が漂っているのだ。

暗い部屋で何者かの気配がする。

息を潜めていると、何かを激しく打ち付けるような不穏な物音がした。

灯りもつけていないなんて、アレクシスでも乳母でもないだろう。闇に目が慣れてきた時、誰かが子ども用ベッドに馬乗りになっているのが見えた。

「ロイ！　ロイに何を！」

エルネスタは悲鳴を上げた。

「誰か来てください！　暴漢です！」

すると、相手はベッドから飛び退《との》き、エルネスタを突き飛ばして出ていった。

「きゃあっ」

床に転んだエルネスタは、這うようにしてベッドにたどり着く。

「ロイ！　ロイ、しっかりして！」

ベッドを手で探ったが、赤子の大きさの塊はあるけれども泣き声一つ立てないし、冷たくて息もしていない。まるで骸《むくろ》になってしまったように。

「いやああっ」

エルネスタは今度こそ、絶望の淵《ふち》にたたき落とされたと思った。

その時、アレクシスが駆けつけ、彼女を抱き抱えた。

「エルネスタ！　大丈夫か！」

「ロイが！　ロイが……！」

「違うんだ、エルネスタ。落ち着いて」

「でも……ロイ……！」

「大丈夫だから、エルネスタ」

いったい何度ロイはこんな目に遭わされなくてはならないのだろう。

かつて二度、我が子を失う恐怖を味わったエルネスタだが、三度まで……。

「灯《あか》りを」とアレクシスが言った。

警備兵がやってきて、灯りで部屋を照らす。

ベッドが照らされても、エルネスタは床にうずくまったまま立ち上がれなかった。直視する勇気などない。

「暴漢がロイを……ロイを……！」

この館は厳重に警備されていて不審者はひとりも入れないはずなのに。

ダナと会うのもアレクシスの招待があってようやく叶ったことなのにどうして……。

「エルネスタ、いいからごらん」

アレクシスの声が穏やかなことを不思議に思いながら、エルネスタは彼に支えられてゆっくりと立ち上がった。そしてベッドを見た。そこには木彫りのオブジェのようなものがロイの肌着を着せられていた。

「人……形……？」

アレクシスが言った。

「それは囮《おとり》なんだ。エルネスタがこんなに早く戻るとは想定外だったから驚かせることになってしまった」

「囮……！　それではロイは……？」

「無事だよ」

その二人の背後から、呑気な物言いが聞こえた。

「なんじゃ、騒々しいのう。そら、おうおう、おまえは本当に賢い子じゃなあ」

「タッタ、たぁ」

無邪気な喃語《なんご》にエルネスタが振り向くと、立派な出《い》で立ちの老人がロイを抱いていた。

「ロイ……！」

エルネスタはまた地獄と天国を同時に味わう羽目になった。

「父上、そろそろ息子を返していただけますか？」

とアレクシスが言った。

――父上……って、国王陛下……！

ひれ伏さねばと思う以前に腰が抜けてしまっていた。

「まだいいだろう。もう少し孫を抱かせてくれ」

国王がロイを孫と呼んでいる事実に、エルネスタは、いったい目の前で何が起こっているのか理解できず、ひたすら縮こまっていた。

そこにさきほどエルネスタを突き飛ばした男が引っ立てられてきた。

アレクシスが言う。

「父上、この男がロイの命を狙った犯人です」

エルネスタが震える声で言う。

「ロイを誘拐した人ですか?」

「いや、誘拐犯は口を割る前に死んだんだ」

「ほう、尋問もほどほどにせねば台無しじゃ」

と王が言えば、アレクシスがきっぱりと言った。

「違います。犯人は口を封じられたのだと思う。あらかじめ、投獄された時には仮病を使えと言い含めていたのでしょう。侍医として治療に当たるふりをし、おそらく、拷問に耐えられる痛み止めなどと偽って遅効性の毒を飲ませたのです——」

「それがこの男というわけじゃな」

「つまりロイ誘拐を指示し、囚人を殺した真の犯人はこの宮廷内にいることが明らかになった。それで私は罠《わな》を張っていたんだ。もちろん、ロイは安全のため父上に預かってもらっていた」

「ご、誤解です。私はロイ殿をあやしていただけです」

羽交い締めにされた男が呻くように言った。アレクシスはそれを聞くと、忌々しげにその喉元に剣を突き付ける。

「ひ……っ」

剣で反射した光が男の顔をはっきりと浮かび上がらせた。

「あなたは……！」

それはエルネスタの父が病に倒れた時、診察に来てくれた医師だった。

「ルートガー、言い訳がお粗末すぎるな」

アレクシスがそう言って、ロイのベッドに近づいて人形を持ち上げた。

「この木彫りの人形、首が折れている。赤子だったら命はない。王の子孫を狙う反逆者め、この者を投獄せよ」

王子の命令に従い、警備兵がルートガー医師を拘束した。そこへひとりの女が拘束され、連れて来られた。

「コンスタンツェ！」

ルートガーが叫んだのは、その女の本当の名前だろう。

その名前には聞き覚えがないが、顔だけははっきりと覚えている。ロイが誘拐された日に、ちょうどその時間帯にリルーシュ書店を利用する契約をした女性客だ。

「あなたがどうして……」

エルネスタが呟くと、アレクシスが女の肩を乱暴に掴んで立たせ、その髪に鼻を近づけた。

「やはりこの匂いだ。二年前に私の寝室に忍び込んできたのはおまえだったんだな。私はあの晩、おまえの父親に媚薬を盛られたというわけか」

「なにっ？　ルートガー、それもおまえの仕業だったのか」と王が呆れ声で言う。

アレクシスはエルネスタに説明した。

「コンスタンツェはルートガーの娘なんだ。そしてこの香水の匂いを二年前に嗅いだことがある。私の寝所に忍び込んできた時も同じ香水を使っていた。ルートガー、娘を使って私をどうしようというつもりだった。暗殺か？」

「いいえ！　とんでもありません。娘を殿下に捧《ささ》げようとしたのは事実ですが、あくまでも王室の将来を案じてのことです」

「嘘だ。王室の存続を危ぶむ者がどうしてロイを殺《あや》めようとする？」

するとルートガーは反駁した。

「しかしながら、それは本当に王の血を引いたお子ですか？　その女は自分の子を王の血筋などと言って陛下を欺いているとは思われませんか！　王室の御方々《おんかたがた》全てを騙して王子妃にのし上がろうとしているのではありませんか。赤子の父親についても然《しか》り。金髪碧眼の男など、どこにだっておりますぞ。どうか今一度よくお調べになり――」

エルネスタの最も恐れていた事態になってしまった。

ロイの出自を疑われる――それは何よりも辛い。

「黙れ！　よく見ておれ。灯りを遠ざけよ」

と国王が言うと、灯りを持っていた従者が数歩下がった。王の周辺は再び暗闇に包まれたが、目だけが明星のように光っていた。

「わしの目がわかるな？　ではもっと下を見よ」

するとロイが抱かれている高さに、二つの青い光がぼんやりと浮かんでいる。

「これが王族の象徴である、ブルーアイズだ。ただ青いだけではないのだ。虹彩が蓄光して暗闇で輝く――ロイが王の血筋という見紛《みまご》うことのない証拠だ」

息を呑む音が聞こえた。

暗がりの中で、ルートガーのものと思われる呻《うめ》き声《ごえ》が漏れる。

医師でありながら取り返しのつかない罪を犯した悔恨だろうか。

その男に、アレクシスが厳しい鉄槌《てっつい》を下した。

「おまえは王の孫を殺そうとしたのだ。疑うことのない反逆罪。我が子を殺されかかった私の気持ちを味わってみるがいい。ルートガー、おまえの目の前で娘を先に処刑してやろう」

それを聞いたコンスタンツェは恐怖で床にくずおれた。ルートガーが叫ぶ。

「お待ちください、殿下。娘に罪はありません、娘は私の命令に従っただけです。どうかお情けを！」

「誰の命令に従おうと罪は罪。コンスタンツェがロイの誘拐に加担したことに間違いない」

アレクシスは確かに激昂《げっこう》しているのだろうが、彼が本当にそんな感情的な処刑を実行するとはエルネスタには考えられなかった。

彼はルートガー父子から真実を引きだそうとして、そんなことを言っているのかもしれない。

それが功を奏したのか、娘のコンスタンツェが訴えた。

「私たちは脅されたのです。父が王太子殿下の治療にあたって誤診をしたと言いがかりをつけられ、降格されたばかりか、そのことを陛下に報告すると脅されて、言いなりになるしかなかったのです」

「誰に脅されたというのだ？」

「それは……」

コンスタンツェは口をつぐんだ。言えば恐ろしい報復が待っているとでもいうように。

「牢獄《ろうごく》へ！　自死は絶対にさせるな。明朝、衆目の下で、広場にて処刑する」

アレクシスの冷えた声が恐ろしかった。

その後、王はロイが寝たというのにその腕から下ろさずに、アレクシスの冷えた眼差しを浴びながら、肘掛け椅子に座っていた。

アレクシスはルートガーについての自分の推測を語り始めた。

「やつは、リルーシュ氏の診察に来た時に、私とエルネスタの仲を疑い始めたのだろう。その後、兄上が病気になった時に見立て違いをした。医師としての立場が苦しくなったルートガーは自分の娘と私を同衾させてその地位を固めようとしたんだと思う。あれ以後警備を厳しくしたので私に近づけなかったはずだ」

「しかし……ルートガーは腕のいい医師だった。見立て違いというのは腑に落ちんな。フランクの病は不運だったと思い、長年の忠義があったからこそ恩情をかけて宮廷に置いてやったのに、それを仇《あだ》で返しよって」

アレクシスはふと思い当たったように言う。

「いつか、ロイがブルーベリーを食べて大騒ぎになったことがあっただろう。あれもロイがエルネスタの子どもではないかと疑い、反応を見るために老婆を使ったのだろう」

「では、殿下が侯爵令嬢と結婚なさると言っていた男性も……？」

「きみが私にどれほど執着しているか知るためだろう。あわよくば、それできみが身を引くことになればいいと思ったかもしれない」

そんなに敵を作っていたなんて、エルネスタは目眩がするような恐ろしさを感じた。ロイを守るために王宮にやってきたのに、首謀者が王宮にいたなんて。

「……でも、わたしはロイが王族の目を持っているなんて全然気がつきませんでした。夜中に授乳する時でさえ、ロイの目はそんなふうに光りませんでした」

これには国王陛下が答えた。

「アレクシスも乳児の頃は光が薄かったから皆で心配していたが、ちょうどこの年頃から光り始めたのだ。ロイよ、おまえはいい時期に王宮に参ったのう。もっとも、わしはひと目見た時からわかっていたぞ。おまえはアレクシスの小さい時にそっくりだからな」

そこに従者が『王妃殿下のおなりでございます』と耳打ちした。

「母上が迎えに来ましたよ。早くお帰りください、父上。ロイはこちらに」

「まあ、待て。ロイが起きてしまうぞ」

揉めているところに貴婦人が現れた。

アレクシスに似た面立ちをした美しいその人こそが王妃殿下だ。

エルネスタは深く膝を折って敬礼の姿勢を取った。

王の髪はロマンスグレイだが、王妃のそれは艶やかな金髪だ。瞳は涼しげなエメラルドブルーで、その虹彩に合わせたエメラルドの色のドレスの裳裾《もすそ》を引いて王の元へ駆け寄った。

「あなた、遅いと思ったら……狡いですわね。ロイを独り占めなさって」

「そなたは昼間、マチルダがロイを散歩させておる時に抱いておったではないか」

「それくらいでは足りません。ああ、寝てるの……。でも寝顔も愛らしいものね」

しかし、アレクシスだけは不機嫌なままだった。

「お二人とも初めてロイを見せた時は冷淡だったじゃないですか」

アレクシスが抗議すると、王は言った。

「あの時は威厳を損ねると思ってこらえていた。フランクのこともあったしな。おまえが行った後、妃と手を取り合って喜んでいたのだ、実は」

「私は疑われていると思い、エルネスタと田舎へ引っ越そうと考えていましたよ」

「なんじゃと！　許さんぞ。ようやく授かった世継ぎなのだ。王宮で暮らせ。なんなら新宮殿に移って参れ、すぐにでも」

「何を今更虫のいいことを！　お断りです。こちらにはエルネスタの気に入りの図書室がありますからね」

するとと、王妃がこちらを向いて言った。

「薔薇園も気に入ってもらえると嬉しいわね」

「王妃殿下、薔薇に名前をつけてくださってありがとうございました。……ロイの生まれについて信じてくださるのですか」

　エルネスタがそう言うと、王妃は満足そうに笑った。

「もちろんよ。あなたは幸運ね。わたくしの場合は結婚してからフランクが産まれるまでの重圧感は大変なものだったのよ。しかも二人ともロイヤルブルーアイズの特徴が現れるのが遅くて……。だからこのタイミングで連れてきたのは正解よ」

　エルネスタは胸がいっぱいだった。

「もう粥も食べれるとな。乳離れしておればいつでも新宮殿に移せるのう」

　国王のその言葉を聞いた時、エルネスタはいよいよ引き離される時がきたと思った。彼女は国王夫妻の足元にひれ伏して言った。

「陛下、お願いがございます」

「なんだ、どうした?」

「ロイは間違いなくアレクシス殿下のお子でございますから、王宮で生きることになりましょう。どうかいましばらく、わたしをロイとアレクシス様のお側《そば》に置いてください。乳母としてでも、洗濯でもなんでも致します。そしてアレクシス様に立派なお妃様がいらっしゃってお寂しくなくなるまでの間でかまいません。それまでは殿下のおそばに置いてくださるよう、どうかお願いいたします」

「——乳母とな？　妾《めかけ》ではなく？」

と国王が問い返し、アレクシスが憤慨した声で『父上！』と言った。

「いやこれは大事なことだぞ、アレクシス。乳母がよくて側室が嫌ということは、おまえに対して愛情がないということではないか？」

「そんなはずはない。エルネスタ……？」

アレクシスが不安げにこちらを見た。

「なんと情けない面構えをしておるのだ。……どうじゃ、エルネスタよ。そなたはアレクシスをどう思うておる？」

「はい。畏れ多くもお慕いしております。そしてアレクシス様のお幸せを願っております」

「では、三人一緒ならばどのような境遇でも耐えられるか？　アレクシスと共に、貴賓に交じって宮廷に出ることも辞さぬか？」

エルネスタには国王の言葉の意味が理解できなかった。

もちろん、二人を見守るためならどのような境遇でも堪えるつもりだ。

——でも、貴賓に交じって宮廷に出るって……？

彼女が答えかねていると、アレクシスが国王に敬礼して言った。

「父上、エルネスタを正妃として認めてくださるのですね？」

「そうだ。正統なる孫を庶子になどしておけるか」

「そうですよ、あなたたち、すぐにでも結婚式を挙げなさい」

王妃も後押しをしての一件落着となった。

「ですが、兄上は……」

アレクシスが低い声で言うと、王妃が寂しそうに答えた。

「あの子、薬を飲んだふりをして捨てていたと言ったの」

アレクシスは打たれたように顔を上げた。

「薬を捨てていた？　いつから？」

「大病をした後二年あまりずっと。医者への不信感もあったみたいだけど、そのまま弱って死のうと考えたのよ。わたくしたちは、フランクを励ますつもりで追い詰めてしまった。あの子は王位を継ぐのを嫌がっていたのに……」

王妃の声は震えていた。

「重圧に潰されそうな脆弱なあの子を病気にしてしまったのはわたくしたちなのかもしれない。フランクにあなたたちのことを告げたら、もう聞いたよ、って微笑んでたの。重荷をおろしたみたいにね……あんなに穏やかな表情は初めて見たわ。陛下ともよく話し合いました。身勝手と思うでしょうけど、フランクを楽にしてあげてもいいかしら……アレクシス？」

「私も先日会ってからずっと感じていました。兄上の好きなところでゆっくり治療すればきっと元気になりますよ」

アレクシスがそう言うと、王妃は涙ぐみ、「ありがとう」と何度も繰り返した。

＊　＊　＊

アレクシスの脅しが功を奏し、その夜更けにルートガーは全てを自白した。


翌日の早朝、アレクシスは新宮殿に赴いた。

「おはようございます。アレクシス殿下」

ホールの入り口に立ちはだかり、王の首席近侍のゲーアハルトがにこりともせずに迎える。

アレクシスは、相手以上に表情を殺して言った。

「先日、おまえは私に言ったな。自分を恨んでいるかと」

「……はい、申しました」

「答えてやろう。恨んではいないが——」

痩せ衰えた兄の姿が目に浮かんで、一瞬言葉が途切れた。

しかし、彼は深く息を吸うと、背後にいた兵に命じた。

「ゲーアハルト・ドナートを逮捕せよ！」

たちまち砂埃《すなぼこり》を立てて兵たちが駆けつけ、ゲーアハルトを捕らえる。

「何だ、貴様らは！」

ゲーアハルトがようやく人間らしい物言いをした。アレクシスは淡々と述べる。

「直近の罪状は、私の息子を誘拐させ、その犯人の殺害を命じた罪。ルートガーを脅迫して私の息子の殺害を企てた罪。そして二年前に遡《さかのぼ》る大罪は、兄上の病の際に治療を妨害し、重体に陥らせたことだ」

「ばかばかしい、どこにそんな証拠が――」

「ルートガーとその娘の証言、そして何よりも明確なのは、おまえがルートガーの処方した薬を薬効のない別のものとすり替えていたという、兄本人による証言だ」

「な、に……？」

「兄上は知っていた。二年もの間、おまえが裏切っていることを知っていたんだ」

ついに、アレクシスは感情を抑えきれなくなった。

「なぜ兄上の命を狙った？」

「ち……違う。私はちゃんと処方どおりの薬液をお渡しした。心から王太子殿下のご快癒を祈り、尽くしていた。それなのに、なぜ快復なさらないのか不可解だった」

「兄上はすり替えられた薬液を一切口にせず、捨てていたのだ」

アレクシスがそう言うと、ゲーアハルトの顔色がさっと変わった。

「すり替えてなどいない。正しい薬なのに！　殿下はなぜそのような……？」

「一度すり替えられて重体になって以後、兄上は一切おまえを信じられなくなったからだ。だから兄上はろくな治療もされないまま衰弱していった。他の医師に診てもらう選択肢もあったはずなのに、快復する努力を自ら放棄した。兄上はここでの暮らしを地獄と言ったんだ」

その言葉は意外にもゲーアハルトに強烈な一撃を与えたようだった。

彼は抵抗をやめた。


その後の取り調べにより、ゲーアハルトの企《たくら》みは全て明るみに出た。

彼の目的は王族の結束を断ち、弱体化させて自分が王宮を支配することだった。

そのためには第二王子にも権勢を持たせないように目を配らなくてはならず、アレクシスの主治医を兼ねていた侍医ルートガーを操ろうと考えた。

フランク王太子が病気になった時に処方された薬を別のものとすり替えてルートガーを陥れ、

脅したのだ。

だが、素早い投薬が必要だった王太子はそのせいで病状が悪化し、予想外に重い後遺症が残ってしまった。やり過ぎたと思ったのか、監視のためかはわからないが、ゲーアハルトはフランクの看護を自ら願い出た。

やがてアレクシスが書店の娘と親密な関係にあると知ったゲーアハルトは、王室を弱体化させるという任務に再び専心することになった。ルートガーの娘を愛人に仕立ててアレクシスの館に潜り込ませ、間諜《かんちょう》にするつもりだったが失敗した。

よもや、それが仇となって、アレクシスに本物の世継ぎが誕生することになるとは思いも寄らなかっただろう。

フランク王太子に対する献身の底には、贖罪《しょくざい》の意味もわずかはあったかもしれない。兄は、ゲーアハルトはまるで奴隷が主人を扱うように世話をすると言っていたから。

少しでも元気になるようにと世話をした王太子が、薬を拒んで捨てていたと知ったゲーアハルトは、その瞬間、悪あがきをやめて捕らわれたのだった。

ルートガーは医師にあるまじき罪を犯したが、終身、戦地で負傷兵の治療に当たることで贖罪とし、その家族は国外追放となった。

＊　＊　＊

三ヶ月後——。

第二王子アレクシスの結婚式が盛大に行われた。

同時に第三王位継承権を持つロイが誕生していたことも発表され、祝賀ムードに包まれた。

王宮は美しい花々で飾られ、城下の町並みの家々にも花やリボンで飾り付けをし、王子夫妻の馬車が通る道には長い長い緋色《ひいろ》の絨毯が敷かれた。

全ての家の窓は開け放たれ、馬車が通る時に花びらを降らせるように人々が待ち構えている。

その朝、エルネスタは相変わらず不安の塊で、鏡の前でも足の震えが止まらなかった。

彼女は白い絹にオーガンジーを幾重にも重ねたウエディングドレスを着て、真珠のティアラをつけていた。結い上げた黒髪に純白の真珠のコントラスト、まばゆいドレス姿にメイドたちがうっとりと見とれていることに、エルネスタは気づいていない。

王妃殿下が「美しいわ、エルネスタ妃」と言ってくれたが、気休めにしか思えなかった。

「それに、この肖像画、とてもいいわ。どこの画家に頼んだの？」

「ジャン・ミカルさんです」

それは、ダナがエルネスタを励まそうと持ってきてくれた肖像画である。

その絵の中では、エルネスタは背筋をぴんと伸ばし、漆黒の瞳がまっすぐ前方を見つめている。もしも顔を隠して自分だとわからないようにすれば、生粋の宮廷人に見えるのだ。

——わたしがこんなふうに見えるの？　なれるの？

しかし、ジャンが言うように彼が『本質』を描いたというなら、そうなんだと思うことにした。そして、エルネスタはその肖像画を真似《まね》して、胸を張り、口元に微笑を浮かべ、視線を一点に定める。

「ロイ殿下をお連れしました」

乳母の声に振り向くと、そこには一歳になって歩き始めたロイの姿があった。

小さいながらも一人前の宮廷スーツを着せられ、白いクラヴァットはよだれかけのようになっていたが、大きな瞳には紛う事なき王族の徴《しるし》が現れている。

ロイと一緒にヴァージンロードを歩くのだから、怖くない。

「ええ、参りましょう」

そしてロイを抱いたエルネスタが長い裳裾を二人の童女に支えられながら、王室礼拝堂の石段を上がる。父親代わりにエスコートしているのは姉婿のリーフマン男爵だ。

男爵夫人である姉の姿も会衆席の最前列に見える。ロイの父が王子と知った時の姉の仰天した顔を思い出すと申し訳ない気持ちだ。

緋色の絨毯の突き当たり、祭壇の前でアレクシスが待っている。

エルネスタの心臓は早鐘のよう。

――でも、大丈夫。

「ロイ、こっちじゃぞ」

と国王陛下が最前列から手招きをすると、ロイが小さな手を上げた。

「あいっ」

その愛らしい仕草に参列者がみな笑った。

エルネスタの顔にも笑みが溢れ、不安は消えていく。

そしてゆっくりと踏みしめるように夫の待つ祭壇へと歩きだした。

アレクシスの美しい瞳が見開かれる。

これまで聞いたこともない歓声と祝福を浴びて、あの内気で控えめだったエルネスタはジャンが描いたような王族の風格を醸し出していた。

黒髪と白いドレスは、緊張感で紅潮した彼女の肌を際立たせ、誰もが踏み入ってはならない聖域のような神秘的な空気を感じさせていた。

エルネスタの手から赤い絨毯の上に降り立ったロイがよちよちと歩くと、貴賓の立会人たちからまた歓声が上がった。

王子と目が合い、彼女はふわりと微笑む。

「――汝《なんじ》エルネスタは夫アレクシスを永遠に愛すると誓いますか？」

司祭の言葉に彼女は答えた。

「はい。永遠に愛します」

儀式だけではない、心からの言葉にアレクシスの瞳が甘く輝くのを、彼女は夢見心地で見つめるのだった。

エピローグ

六年後――。

旧王宮の図書室は、今では『エルネスタ妃のサロン』と呼ばれている。

エルネスタは書棚の前に佇《たたず》んでいるだけなのだが、生まれながらそこに存在していたかのような雰囲気を醸し出していると賓客たちは言う。

王室図書館はリルーシュ書店よりさらに広く、天井も高い。

アレクシスの発案で、そこにゆったりとした革張りの長椅子をいくつか置いて、低いテーブルも配置した。

日を定めては文化人を招き、自由に論争させ、白熱しすぎて少々剣呑《けんのん》とした空気が流れそうになると、そこにエルネスタが登場する。

「薔薇のお茶が美味しく入りましたのでひと休みしましょうか」

テーブルにお茶を配るのは給仕たちだ。

「今日のジャムとお茶に浮かべた花びらは、お庭の薔薇ですの」

エルネスタがそう言うと、そこにいた貴婦人たちの間から嬉しい悲鳴が上がる。

王妃殿下は健在だが、その薔薇園の管理を引き継いだ後、エルネスタはハーブティー用に薔薇を選定して栽培し、貴賓たちをもてなすことを思いついた。

この『王妃の薔薇園のジャムと紅茶』は宮廷人の間ですっかり有名になり、それを飲んだことがあるかどうかはステイタスを左右するまでになった。

薔薇の薫る王宮図書室が、今のエルネスタにとって居心地のいい場所だ。

しかし、いつまでも彼女はそこに浸ってもいられない。

「おかあちゃま！」

愛らしい幼女の声が聞こえる。

「ぼくが先だよっ、おかあさま！　これ、ぼくが描きました」

今年五歳になる次男と三歳の長女である。

「二人とも仲良くするのですよ」

「そうだぞ、お母様はおまえたちのどちらのものでもない。私がいちばんにキスをする権利を持っているんだ」

そう言いながら、長女を左手で抱き上げてやってくるのはアレクシスだ。

「王太子殿下、ご機嫌麗しゅう」

貴賓たちがいっせいに起立し、敬礼をする。

「堅苦しいことはしなくていい。エルネスタの招待客という意味では、私も皆と平等だ」

アレクシスが鷹揚《おうよう》にそう言った。

「ロイはどうしました？」

「国王と一緒に兄上に会いにいった」

「フランク殿下に……ご迷惑にならなければいいけど」

七歳になったロイは相変わらず国王陛下にかわいがられ、あちこちに連れ回されている。

アレクシスとエルネスタは結婚後、さらにここにいる二人の子どもに恵まれた。

ロイに続き、第二王子も誕生して王国は安泰と言われている。

一方、病弱で子孫を儲ける望みもほとんどないフランク王太子は公務を続けるのが難しくなったという理由で、王位継承権を放棄してアレクシスにその地位を譲っていた。

王太子の重圧から解放され、転地療養を始めたフランク王子は今では随分元気になり、国王陛下や王妃殿下の訪問を喜んでいるという話だ。

「さあ、お母様に挨拶だ」

アレクシスが幼女を床に下ろすと、彼女はパタパタと駆け寄ってきて、エルネスタにしがみつく。そしてエルネスタの頬にキスをした。

黒い艶やかな髪は緩くうねって愛らしく、つぶらな黒い瞳は小動物のように無邪気だ。頬は赤く、笑えばまるで薔薇の妖精のよう。

「またいちばんを取られてしまったな、まあ私には唇があるから」

と、人目をはばからずに妻の唇にキスをする王太子に、皆が微笑する。

次男のほうは図書室の中をひとしきり走り回った後、やがて迎えにきたマチルダに二人とも連れていかれた。

王太子夫妻の背後には、今では引く手あまたとなった画家ジャン・ミカル・サンドバリの絵が燦然《さんぜん》と輝いていた。

それは、アレクシスとエルネスタの二人並んだ肖像画である。

二人の表情から互いへの愛情が見る者にも伝わってくる力作だ。

本質しか描かないと豪語し、気まぐれな画家として有名だ。彼はいくら金を積んでも描きたくない時は描かないし、ひとたび筆を執れば逸品が生まれる。

「殿下ったら……今、みなさんにお茶をお出ししたところなのです。どうぞ、ご一緒に」

エルネスタがそう言って招くと、アレクシスは彼女と一緒にサロンの間に入り、夫婦並んで座った。

「本当に仲のおよろしいことで」

「それにお美しいお二人……」

実際は、アレクシスはサロンの客たちに、エルネスタは自分の妻だという当たり前のことを主張するために、時々訪れるのだった。

王太子がそんな子どもじみた独占欲で牽制しているなんて、彼女は想像もしていない。

王宮での日々をこなすのがせいいっぱいで、このサロンにいる間がやすらぎのひと時なのだ。

それでも彼女は幸せだ。

微風が吹いて、彼女の頬を撫でていく。

薔薇園から甘い匂いが流れてきた。王宮の空気が自分を包み、染みこんでくる。

彼女はゆっくりと、王太子妃の道を歩いていくのだった。

あとがき

みなさまこんにちは、如月です。

今作では、初めてシークレットベビーのお話を書かせていただきました。控えめなヒロインが、愛する人と子どものために強くなります。王子様にも頑張ってもらいました。ギリギリ進行で、ことね壱花先生には本当にご迷惑をおかけしましたが、愛くるしいロイと、健気なエルネスタ、凛々しくて美しいアレクシスを描いてくださり、ありがとうございました。赤ちゃんのイラスト、本当に可愛い！

そして編集担当様、毎回突然エンストしてすみません。励ましとご指導のおかげでなんとか間に合いました。出版関係のみなさま、ありがとうございました。

ああ……あとがきが短い（笑）！　恒例のキャラ紹介が書けません。

最後に、読者のみなさまに心から感謝を！

それではまたお会いしましょう。

如月

蜜猫 Mitsuneko Label

蜜猫文庫をお買い上げいただきありがとうございます。
この作品を読んでのご意見・ご感想をお聞かせください。
あて先は下記の通りです。

〒102-0075 東京都千代田区三番町 8 番地 1 三番町東急ビル 6F
(株)竹書房　蜜猫文庫編集部
如月先生 / ことね壱花先生

王太子殿下は新米ママと息子を溺愛する

2021 年 4 月 29 日　初版第 1 刷発行

著　者　如月　
発行者　後藤明信
発行所　株式会社竹書房
〒102-0075 東京都千代田区三番町 8 番地 1 三番町東急ビル 6F
email : info@takeshobo.co.jp
デザイン　antenna
印刷所　中央精版印刷株式会社